라오서 단편선

근현대 클래식 선집 1

일러두기

본문의 주석은 모두 역자가 작성한 것입니다.

라오서 단편선

박희선 옮김

인사이트브리즈

추천사

　라오서는 루쉰, 궈모뤄, 마오둔, 바진, 차오위와 함께 중국 현대문학 여섯 대가 중 한 명으로 꼽히는 소설가이자 극작가다. 베이징 토박이인 그는 1930~40년대 베이징의 평범한 소시민의 삶을 풍자적인 필체로 유머러스하게 그려내 '언어의 대가'라는 별칭을 얻었다. 이 단편집을 읽으면서 우리는 동시대 한국의 박태원, 채만식이 그려낸 경성의 인물들을 떠올리게 된다.

김택규　중국어 번역가

　중국문학의 최고봉 라오서의 단편집 번역출간은 가뭄의 단비다.
　루쉰의 현실묘사와 채만식의 풍자를 합해놓은 라오서의 주옥같은 문장은 뉴미디어의 시대에 잊혀져가는 독서의 재미를 당당히 소환한다.

이주익　영화제작자.「불현듯, 영화의 맛」 저자

　1920년대 이후로 중국은 열강의 영토 분할과 서양문물의 홍수로 정신적, 경제적, 문화적 대혼란을 겪는다. 영국의 노벨문학상 수상자 러셀이 언급한 중국의 문제가 이 단편 속 백성의 삶에 고스란히 스며 있다. 분명 칙칙하고 껄끄러워야 하는데 그냥 가볍다. 라오서라는 작가의 필명에서 풍기는 친숙함과 노련함이 붓끝에 융해되어 있기 때문이다. 대문호 로만 롤랑은 아큐정전을 읽고 자국을 성찰할 줄 아는 작가를 만난 감동의 눈물을 흘렸다고 한다. 중국의 가능성을 본 것이다. 그게 여기에도 보인다. 그런데 작가의 붓끝이 역자의 손끝 때문에 나에게 더욱 친근감을 준다.

신희철　고전학자/경영학 박사

— **차례**

류씨네 대잡원　　9
신장개업　　39
안경　　59
이웃　　79

해설　　108
옮긴이의 말　　120

류씨네 대잡원

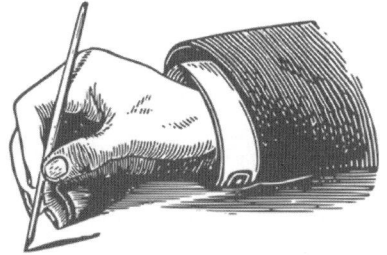

류씨네 대잡원

 요 이틀 사이에 우리 대잡원[1] 이 또 시끌시끌해졌다. 사람이 죽었기 때문이다.

 아니, 얘기를 하려면 처음부터 해야지, 이렇게 시작하면 안 된다. 일단 내 소개를 하자면, 나는 점쟁이다. 멧대추나 땅콩 장사를 했던 적도 있지만 그건 예전 일이다. 지금은 거리에 점판을 벌여 놓고 점을 치는데, 장사가 잘 되면 하루에 3마오 5마오쯤은 손에 들어온다. 마누라는 진작에 죽었고, 아들은 인력거를 끈다. 우리 부자는 류씨네 대잡원의 북채 한 칸에 세 들어 산다.

 대잡원에는 우리가 사는 북채 방 말고도 스무 칸이 넘는 방이 있다. 전부 몇 집이 사느냐고? 그걸 누가 기억하겠는가! 방 두 칸을 쓰는 집도 몇 없는 데다가, 오늘 이사 와서 내일 이사 가는 집이 많다 보니 일일이 기억할 수가 없다. 서로 마주치면 "밥은 드셨소" 하고 인사말을 하기도 하지

---

1. 큰 사합원에 여러 집이 모여 사는 다가구 주택

만, 안 해도 그만이다. 다들 입에 풀칠하느라 하루 종일 바빠서 잡담을 할 시간이 없다. 말하기를 좋아하는 사람도 있기야 하지만, 어쨌거나 먹고 사는 게 우선이다.

 우리 부자와 왕씨네 가족이 그나마 오래 산 편인데, 여기 산 지 1년 좀 넘었다. 이사야 한참 전부터 가고 싶었지만, 그래도 내가 사는 이 방은 비가 와도 많이 새지는 않는다. 세상에 비가 많이 안 새는 집이 어디 그리 흔하겠는가? 아예 안 새는 집도 물론 있겠지만, 그런 집에 살 돈이 있어야 말이지! 게다가 이사를 하자면 석 달치 방세가 들 테니 그냥 참고 사는 게 낫다. 석간신문을 보면 곧잘 '평등'이니 뭐니 하던데, 돈은 평등하지 않다. 다른 말은 할 필요가 없다. 정말이다. 며느리들만 봐도, 친정에서 예물을 안 받는다면 시집 와서 좀 덜 맞고 살 것 아닌가?

 왕씨네 가족은 방 두 칸을 쓴다. 라오왕老王과 나는 우리 대잡원에서 제일 '교양'이 있는 축에 속한다. 미리 말해 두지만, '교양'이라는 건 다 헛소리다. 나는 점쟁이라서 글을 제법 읽을 줄 안다. 그래서 매일 석간신문을 조금씩 읽는다. 신문 한 장 읽는 것 가지고 '교양인'이 될 수 있다니, 그게 무슨 말도 안 되는 소린가! 라오왕은 서양인 집에서 정원사로 일하고 있으니 서양 일을 하는 셈이다. 사실 그가 꽃을 기를 줄 아는지 모르는지는 라오왕 본인이나 알 일이다. 기를 줄 모른다 해도 그렇다고 사실대로 말하지는 않을 것이다. 어쩌면 서양인 집 마당의 잔디를 깎아 주는 사람도 정원사라고 부르는 건지도 모른다. 아무튼 라오왕은 허풍을 좀 떠는 편이니까. 따져 봐야 무슨 의미가 있겠는가? 잔디 깎는 일이라고 천할 게 뭐가 있는가? 하지만 라오왕은 생각이 그만큼 트이지 않았다. 그게 아니면 우리 같은 가난한 사람들이 왜 만날 이 모양 이 꼴이겠는가? 가난한 주제에 허풍 떨기나 좋아해서 그렇지! 우리 대잡원에는 늘 '교양인'이 하는 양을 보고 배우려는 이들이 많은데, '교양인'이라면 응당 눈을 부릅뜨고 화를 내야 한다고 생각하는 모양이다. 어차피 라오왕은 돈도 얼마 못 버는데 정원사면 어떻고 잔디깎이면 또 어떻단 말인가.

라오왕의 아들 샤오왕小王은 석수장이인데, 머리는 돌처럼 반듯하게 돌아가지를 못한다. 샤오왕만큼 꽉 막힌 사람은 본 적이 없다. 그래도 일은 잘한다. 이건 거짓말이 아니다. 샤오왕에게는 자기보다 열 살 어린 마누라가 있는데, 얼굴은 좌판에 진열된 옥수수떡같이 생겨서 머리털은 누렇다. 생전 웃는 법이 없고, 한 대 맞으면 대번에 우는데, 노상 맞고 산다. 라오왕한테는 열 너덧 살 먹은 딸도 하나 있는데, 약은 데다가 성질이 못됐다. 라오왕네 네 식구가 방 두 칸에 세 들어 산다.

  우리 두 가족 다음으로는 장얼張二네 가족이 제일 오래 살았는데, 여기 산 지 반년이 넘었다. 방세를 두 달 치 밀리긴 했지만 그래도 주인한테 쫓겨나지는 않고 버티고 있다. 장얼네 마누라는 말을 아주 듣기 좋게 잘하는데, 어쩌면 그 덕분에 아직 안 쫓겨난 건지도 모른다. 물론 장얼네 마누라는 집주인이 집세를 받으러 왔을 때만 듣기 좋은 말을 할 뿐이다. 집주인이 돌아서기 무섭게 욕 퍼붓는 건 정말이지 안 들어 본 사람은 모른다. 집주인 욕을 안 하는 사람이 어디 있겠는가. 개집 같은 방 한 칸을 한 달에 1위안 5마오나 받아먹지 않는가?! 하지만 장얼네 마누라만큼 능숙하고 속 시원하게 욕을 하는 사람은 없다. 다른 이유 때문이 아니라 욕을 정말로 잘하는 것 때문에 나 같은 늙

은이까지 그녀가 좀 좋아졌을 정도다. 하지만 아무리 욕해 봐야 개집 한 칸에 그대로 1위안 5마오를 내야 한다. 이렇게 생각하니 그녀가 좋아졌던 마음이 식어 버렸다. 진짜로 행동을 하는 것도 아닌데, 욕만 하는 게 무슨 소용인가.

장얼은 우리 아들처럼 인력거를 끈다. 장얼도 말이 많아서, 술이라도 두 푼어치 마셨다 하면 끝없이 수다를 떨어 온 대잡원 사람들의 혼을 쏙 빼놓는다. 장얼은 심보가 못된 사람은 아니지만, 나는 수다쟁이가 싫다. 장얼은 애가 셋 있는데, 큰애는 석탄을 주우러 다니고, 둘째는 불량배고, 막내는 대잡원 곳곳을 기어 다닌다.

애들 얘기가 나와서 말이지만, 그 많은 애들 이름이 뭔지는 도저히 기억할 수가 없다. 대잡원에 사는 애들만 모아도 군부대 하나는 족히 될 정도인데, 그 애들 이름을 어떻게 다 외울 수 있겠는가? 사내아이인지 계집아이인지는 오히려 알아보기 쉽다. 발가벗고 다닐 수 있으면 죄다 발가벗고 다니니까. 대잡원 안에서 걸어 다닐 때는 항상 조심해야 한다. 자칫 잘못하면 누군가의 몸을 밟을 수도 있는데, 그러면 밟힌 사람은 누구든지 난리를 피운다. 어른들은 하나같이 마음속에 불만을 눌러 참고 있어서, 무슨 트집이라도 잡아서 말다툼을 하려고 벼르고 있다. 가난할수록 자식을 많이 낳는다. 가난한 사람이라고 자식을 기르지 말라는 법이라도 있는가? 하지만 가난한 사람들도 정말로 무슨 수를 좀 내야 한다. 이 많은 벌거숭이 애들이 장래에 다들 뭘 하겠는가? 내 아들처럼 인력거를 끌겠는가? 인력거꾼 일이 천하다는 소리가 아니다. 내 말은 사람이 수레를 끌어서는 안 된다는 말이다. 사람이 어떻게 소나 말이 될 수 있단 말인가? 그렇지만 꽤 많은 애들이 인력거를 끌 수 있는 나이까지 살지도 못한다. 올봄에 성홍열이 돌아 애들이 많이 죽었다. 자식을 제일 자주 때리던 아비까지도 목 놓아 엉엉 울었다. 자기 자식을 아끼지 않는 부모가 어디 있겠는가? 하지만 다 울고 나면 그뿐이다. 작은 멍석으로 말아서 옆구리에 끼워 들고 성 밖으로 나가면 끝이다. 죽은 건 죽은 거고, 입이 줄어드는 건 사실이니까. 내가 자주 하는 말이지만, 허리춤에 돈이 없으면 마음이 쇳덩어리처럼 단단해지는 법이다. 말 같지 않은 말이지만, 어쨌든 살 방법을 찾아야 하지 않겠는가!

우리 세 가족 외에도 대잡원에 사는 사람은 아주 많지만, 이 세 가족만 얘기하면 충분하다. 내가 우리 대잡원에서 사람이 죽었다고 말하지 않았는가? 죽은 사람이 바로 왕씨네 며느리, 그러니까 옥수수떡같이 생긴 그 며느리다. 그녀가 옥수수떡같이 생겼다는 말을 또 한 건 절대로 죽은 사람을 놀리려는 게 아니다. 그녀가 '진짜로' 옥수수떡처럼 생겼다는 것도 아니다. 왕씨네 며느리, 그리고 그녀와 비슷한 며느리들을 딱하게 생각해서 하는 말이다. 나는 곧잘 이런 생각을 한다. 어엿한 처녀애가 왜 다 크면 옥수수떡같이 생기게 되겠는가? 어려서부터 제대로 못 먹고 자랐는데도 얼굴에 반질반질 윤이 나는 사람이 있겠는가?

쓸데없는 소리는 이쯤 해야겠다. 그러니까, 이렇게 된 일이다. 일단 첫째로 라오왕이 나쁜 놈이다. 라오왕이 허풍떨기를 좋아한다고 내가 말하지 않았는가? 그래, 그는 매사에 '교양인'들을 따라한다. 그는 며느리를 보고 나니 어떻게 대해야 할지를 몰랐다. 라오왕은 하루 종일 며느리에게 온갖 걸로 트집을 잡았는데, 기세가 아주 대단했다. 그는 서 푼짜리 기름과 두 푼짜리 식초를 가지고도 기세등등하게 화를 냈다. 가난한 사람들이 욱하는 성질이 있어 말다툼을 곧잘 한다는 거야 나도 알지만, 라오왕은 좀 일부러 트집거리를 찾아내는 것이다. 그가 트집을 잡아 화를 내는 건 다른 이유가 아니라 그저 '교양인'의 위세를 따라 하기 위해서다. 말하자면 시아버지로서 위엄을 보이겠다는 것이다. 염병할, 시아버지라고 뭐 비싸게 굴 것 있나! 나는 가난한 놈들이 죽자사자 '교양' 있는 척하려는 걸 정말이지 이해할 수가 없다. 도대체 무슨 독기를 품었기에 그런단 말인가? 라오왕은 아침에 아주 일찍 일어나는데, 날마다 며느리를 그 시간에 깨운다. 그렇다고 무슨 일이 있는 것도 아니고, 그저 그런 규칙을 세우려는 것뿐이다. 궁상맞기는! 며느리가 조금이라도 늦게 일어났다 하면 얼마나 호되게 때리는지 모른다!

  나는 그 며느리의 친정에서 예물로 100위안을 달라고 했다는 걸 알고 있다. 라오왕 부자는 1년이 지나도 그 빚을 다 갚을 수 없을 게 뻔해서 만날 며느리한테 화풀이하는 것이다. 하지만 이 100위안 때문에만 그러는 것이라면,

며느리는 이미 억울한 일을 많이 당하긴 했지만 그래도 그나마 낫다. 라오왕은 이 돈 때문만이 아니라, '교양인'이 하는 양을 따라 해 시아버지로서 기세를 실컷 부리려고 그러는 것이다. 자기 마누라는 죽었으니 시어머니가 며느리를 괴롭히는 몫까지 자기가 다 하려는 듯이, 그는 갖가지 방법으로 며느리의 흠을 잡았다. 며느리야 뭐, 열일곱 살짜리 애가 뭘 알겠는가? 며느리한테 거드름을 피운다고? 나는 라오왕이 그 거드름 피우는 걸 어디서 배워 왔는지 안다. 바로 찻집에서 '교양인'들이 하는 얘기를 듣고 배운 것이다. 라오왕은 '교양인'과 두어 마디 말을 섞고 허풍을 좀 떨고 나면 당장에 얼굴이 벌게지고 태도가 당당해지는 부류의 사람이다. 서양인 집에서 잔디를 깎을 때 서양인이 그에게 말 한 마디라도 했다 하면 그는 사흘 밤낮은 꼬리를 살랑살랑 흔들 위인이다. 라오왕한테는 확실히 꼬리가 있다. 하지만 그놈의 꼬리를 평생 흔들어 봐야 빌어먹을 대잡원에 살면서 옥수수떡이나 먹는 처지인데, 왜 그러는지 이해가 안 간다!

라오왕이 일하러 간 사이에는 라오왕의 딸이 며느리를

괴롭히는 방법을 전수받아 대신 괴롭힌다. 그 못된 계집애! 나는 절대로 가난한 집의 처녀들을 무시하려는 게 아니다. 그 처녀들이 남의 집 하녀가 되거나 첩이 되거나 기생이 되는 건 흔한 일이다(당연한 일은 아니다). 그런 일에 어떻게 그들을 탓하겠는가? 그럴 순 없다! 그렇지만 나는 왕씨네 딸 얼뉴二妞는 싫다. 제 아비와 똑같이 밉살스러운 얼뉴는 기회만 생기면 올케를 괴롭히고, 흰 눈을 뜨고서 없는 말을 지어내 올케를 모함한다. 나는 얼뉴가 왜 그렇게 못되게 구는지 안다. 그녀는 서양인들이 운영하는 소년원을 다니면서 공부를 하기 때문에 자기 올케를 완전히 무시하는 것이다. 꼭 맞는 깨끗한 신발을 신고 머리에 빗을 꽂은 양이 얼마나 의기양양한지 모른다! 내 생각에, 세상에는 가난한 사람과 부자의 차이가 있으면 안 된다. 그런데 가난한 사람이 돈 있는 사람에게 알랑거리면서 위로 올라가려고 한다면 그게 최고로 나쁘다. 라오왕과 얼뉴가 바로 그 좋은 예다. 올케가 검은 천으로 새 신발을 만든다면 얼뉴는 갖은 방법을 써서 신발에 진흙을 묻혀 놓고 제 아버지에게 올케를 혼내 주라고 할 것이다. 아니,

이런 얘기를 자세히 하고 있을 시간이 없다. 아무튼 이 집 며느리는 하루라도 마음 편할 날이 없고, 가끔은 밥도 제대로 못 먹는다.

  샤오왕이 일하는 석공소는 성 밖에 있어서 그는 집에서 지내지 않는다. 열흘이나 보름 만에 한 번씩 집에 오는데, 집에 왔다 하면 반드시 마누라를 때린다. 우리 류씨네 대잡원에서는 며느리를 때리는 게 아주 흔한 일이다. 마누라는 남편이 벌어 오는 돈으로 먹고 살고, 친정에서는 시집보낼 때 예물을 받았으니 얻어맞는 건 당연한 일이다. 하지만 샤오왕은 원래는 마누라를 안 때릴 수도 있다. 집에 좀처럼 오지도 못하는데, 모처럼 와서 굳이 소란을 피우고 싶겠는가? 흥, 그게 다 라오왕과 얼뉴가 옆에서 부추겨서 그러는 것이다. 라오왕은 며느리에게 벌을 줄 때 굶기거나 무릎을 꿇리기는 하지만 직접 때리지는 않는다. '교양인'입네 하는 사람이 어떻게 시아버지가 되어서 며느리를 때릴 수가 있겠는가? 그래서 아들을 부추겨서 며느리를 때리게 만드는 것이다. 그는 아들이 석수장이라서 한 대 때리는 게 다른 사람이 다섯 대 때리는 것보다 더 아프다는 걸 잘 안다. 아들이 며느리를 다 때리고 나면 라오왕은 아들에게 그렇게 상냥하게 굴 수가 없다. 얼뉴는 곧잘 올케의 팔목을 꼬집긴 하지만 그걸로는 도무지 만족하지 못하고, 오빠가 올케를 돌덩이처럼 박살내는 꼴을 보지 못해 안달이다. 어떤 여자가 다른 여자를 무시하면 그 둘은 철천지원수 사이가 된다는 걸 알아 둬야 한다. 얼뉴는 명색이 여학생이고, 올케는 100위안을 주고 사 온 옥수수떡일 뿐이다.

  왕씨네 며느리는 살아날 길이 없었다. 마음이 괴로우면 괴로울수록 남에게도 퉁명스러워지다 보니 대잡원 사람 중에 그녀를 좋아하는 사람이 하나도 없었다. 그녀는 말하는 법까지 잊어버린 듯했다. 가끔은 통쾌하게, 귀신에 홀린 듯이 헛소리를 하기도 했다. 샤오왕이 그녀를 때리고 가 버리고 나면 그녀는 늘 혼자서 울고불고 헛소리하는데, 그러면 내가 나설 차례가 온다. 라오왕은 며느리 뺨을 한 대 때려 주려고 나한테 책력을 빌리러 온다. 그는 귀신을 무서워하기 때문에 나더러 가서 때려 달라고 한다. 그러면 나는 그녀의 방으로 가서 달래서 울음을 그치게 한다. 나는 그녀를 때린 적이 없다. 그녀에게 필요한 건 위로와 몇 마디 따뜻한 말일 뿐이다. 그러고 나면 라오왕이 들어와서 며느리의 인중을 꼬집고, 종이를 태워 연기를 맡게 한다. 사실 라오왕도 그녀가 이미 정신을 차렸다는 걸 알지만, 벌을 주려고 일부러 그러는 것이다. 이런 일이 있을 때마다 나는 라오왕과 말다툼을 한다. 나는 평소에는 그 집에서 소란을 피우든 말든 상관하지 않는다. 상관을 해 봐야 무슨 소용인가? 내가 관여한다면 분명히 그 집 며느리 편을 들게 될 텐데, 그러면 결국 그녀를 더 힘들게 하는 꼴이 아닌가? 그래서 나는 상관하지 않는다. 하지만 며느리가 울고불고 헛소리할 때는 도저히 라오왕과 말다툼을 안 할 수가 없다. 그 자리에 가서 내 눈으로 뻔히 보면서도 한마디도 안 할 수가 있겠는가? 그런데 이상한 일은, 라오왕과 내가 말다툼을 하면 대잡원 사람들은 매번 내가 잘못했다고 말한다는 것이다. 심지어 부인네들까지 그렇게 말한다. 그들은 그녀가 맞아도 싸다고, 내가 쓸데없는 일을 한 거라고 한다. 그 인간들은 남편이 아내를 때리고, 시아버지가 며느리를 통제하고, 시누이가 올케를 괴롭히는 게 당연하다고 믿고 있는 것이다! 어떻게 그런 걸 믿을 수가 있을까? 도대체 누가 그들에게 그런 걸 가르친 것일까? 그 빌어먹을 '교양'이란 건 우습기도 하고 눈물이 나기도 한다. 뱃가죽이 등가죽에 달라붙은 빈대 같은 인간들까지 '교양'을 믿다니!

요 이틀 사이에 석수장이 샤오왕이 집에 왔다. 라오왕은 웬일로 잠시 동안 기분이 좋았는지 이번에는 아들에게 며느리를 때리라고 부추기지 않았다. 며느리는 가족들이 다들 기분이 좋은 걸 보고 자연히 덩달아 기분이 좋아져서 얼굴에 웃을락 말락 하는 기색이 떠올랐다. 올케의 이런 표정을 본 얼뉴는 마치 하늘에 해가 두 개 뜨기라도 한 것처럼 굴었다. 분명히 무슨 일이 있는 것이다! 올케가 마당에 나가 밥을 짓는 사이에 얼뉴는 올케 방에 들어가 온통 샅샅이 뒤졌다. 오빠가 무슨 장신구 따위라도 사다 준 게 아니라면 올케 얼굴에 웃는 모양이 떠오를 리 없다고 생각한 것이다. 그런데 한나절을 뒤졌지만 아무것도 찾을 수가 없었다. '한나절'을 뒤졌다는 말은 아주 꼼꼼하게 뒤졌다는 뜻이다. 며느리 방에 물건이 뭐 그리 많을 리가 있겠는가? 우리 대잡원에 있는 탁자를 전부 모아 봐야 제대로 된 탁자 두 장이 채 안 된다. 대잡원에 도둑이 안 드는 이유가 뭐겠는가? 우리는 돈이 생기면 버선 속에 넣어 다닌다.

얼뉴는 더욱더 화가 났다. 올케 얼굴에 감히 웃음기가 떠오르다니? 몰래 숨겨 둔 물건이 있건 없건 아무튼 괴롭혀 줄 테다!

며느리가 국물이 흥건한 밥이 담긴 솥을 들고 가는데 얼뉴가 그녀를 걷어찼다. 한 솥 가득한 밥이 그녀의 손을 떠나 날아갔다. '쌀밥'! 남편이 올 때가 아니라면 누가 감히 '밥'을 먹을 생각이라도 한단 말인가! 밥솥을 따라 그녀의 목숨까지 날아가 버린 것 같았다. 밥물이 채 마르지 않아 미음 같은, 눈처럼 새하얀 밥이 땅바닥에 엎질러졌다. 그녀는 필사적으로 흩어진 밥을 손으로 긁어모았다. 엄청나게 뜨거웠지만 손을 신경 쓸 겨를도 없었다. 그녀 자신은 이 밥 한 솥만큼도 값어치가 없으니까. 밥이 너무 심하게 뜨거웠기 때문에 그녀는 몇 번 뜨고 나자 아픔이 뼛속까지 스며들었다. 밥물이 손에 온통 들러붙은 것이다. 하지만 그녀는 감히 신음소리도 내지 못한 채 이를 악물고 그저 두 손을 모아 움켜쥐었다. 너무 아파서 눈물이 핑 돌았다.

"아버지, 봐요! 올케가 밥을 죄다 땅에 엎질렀어요!" 얼뉴가 소리쳤다.

부자가 모두 밖으로 나왔다. 땅 위에 쏟아진 밥에서 김이 펄펄 나는 걸 본 라오왕은 곧바로 화가 머리끝까지 치밀었다. 그는 그저 샤오왕을 흘끗 바라보았다. "너는 마누라가 중요하냐, 아니면 아비가 중요하냐?"라고 눈빛으로 말한 거나 마찬가지였다.

대번에 얼굴이 붉게 달아오른 샤오왕은 마누라에게 다가가 머리채를 움켜쥐고 땅바닥에 패대기를 쳤다. 이미 얼이 빠진 그녀는 찍소리도 내지 못했다.

"때려라! 죽도록 때려!" 라오왕은 한쪽에 서서 소리를 지르면서, 땅을 걷어차서 흙덩이를 마구 뒤집었다.

얼뉴는 올케가 죽은 척을 하는 게 아닌가 싶어 그녀의 다리를 꼬집었다.

대잡원 사람들이 다들 구경하러 나왔다. 남자들이 나서서 말리지 않으니 여자들도 감히 뭐라 말하지 못했다. 남자들은 누가 제 마누라를 때리는 걸 구경하기를 좋아한다. 자기 마누라에게 본보기를 보여주려는 것이다.

나는 도저히 참견하지 않을 수가 없었다. 라오왕은 나를 한 대 패고 싶은 듯했다. 하지만 내가 나서자 다른 남자들도 꾸물거리며 다가왔다. 어찌어찌해서 말리기는 말렸다.

다음날 꼭두새벽부터 샤오왕과 라오왕은 모두 일하러 나갔다. 얼뉴는 올케를 계속 괴롭히려고 학교에 가지 않았다.

장얼네 마누라가 왕씨네 며느리를 딱하게 여겨 보러 왔다. 자기 말솜씨에 자신이 있는 그녀는 며느리를 위로하는 말을 했는데, 얼뉴가 이 일을 불쾌하게 여겨 두 사람은 말다툼을 하기 시작했다. 당연히 얼뉴는 장얼네 마누라의 적수가 되지 못했다. 얼뉴가 어떻게 그녀를 말로 이기겠는가! "이 계집애, 네가 기생년이 안 되면 내가 성을 간다!" 장얼네 마누라는 한 마디로 얼뉴의 말문을 막아 버렸. "웬 대머리 놈이 돈 두 냥을 주니까 너 그놈한테 입을 맞췄지? 내가 못 본 줄 알아? 말해 봐, 너 그랬어, 안 그랬어?" 장얼네 마누라가 그 입으로 얼뉴의 귓구멍을 막아 버려서, 얼뉴는 계속 후퇴하기만 하고 아무 말도 하지 못했다.

이 난리가 지나가고 나자, 더는 올케를 괴롭히기가 곤란해진 얼뉴는 어색해하며 거리 구경을 하러 나갔다.

방에 혼자 남은 며느리는 시간이 남아돌게 되었다. 장얼네 마누라가 다시 가 보니 며느리는 구들 위에 누워 있었는데, 시집올 때 입고 왔던 붉은 저고리를 입고 있었다. 장얼네 마누라가 그녀에게 두어 마디 말을 걸었지만 그녀는 대답 없이 그냥 고개를 돌려 버렸다. 마침 이때 장얼네 둘째가 다른 아이 하나와 싸우기 시작해서 바닥에 깔아 눕혀져 버렸기 때문에, 장얼네 마누라는 급히 아이를 도우러 달려갔다.

얼뉴는 밥때가 다 되어서야 돌아왔다. 그녀는 올케가 밥을 해 놨는지 보려고 곧장 올케의 방 안으로 들어갔다. 얼뉴는 지금껏 자기 손으로 밥을 한 적이 없었다. 명색이 여학생 아닌가! 방문을 열자마자 얼뉴는 혼이 나간 듯이 비명을 질렀다. 올케가 대들보에 목을 맨 것이다! 온 대잡원 사람들이 다들 깜짝 놀랐지만, 그녀를 내려 줄 생각을 하는 사람은 아무도 없었다. 좋은 신을 신고 구린내 나는 개

똥을 밟을 사람은 없다. 누가 사람 목숨과 관계된 일에 끼어들려 하겠는가?

얼뉴는 양손으로 눈을 가린 채 넋이 나가 있었다. "빨리 너희 아버지 안 불러오고 뭐하냐!" 누군가가 이렇게 소리치자, 얼뉴는 곧장 돌아서서 뛰쳐나가 귀신이 뒤에서 쫓아오기라도 하는 양 달려갔다.

집에 돌아온 라오왕도 얼이 빠졌다. 며느리가 살아날 가망이 없는 거야 별일이 아니지만, 방에서 이런 큰일이 났는데 집주인이 그를 가만두겠는가? 돈만 있으면야 며느리는 새로 얻을 수 있겠지만, 지난번에 진 빚도 아직 다 못 갚지 않았는가? 이런 생각을 하다 보니 라오왕은 점점 더 화가 나서, 목매 죽은 귀신의 살점이라도 물어뜯어야 화가 풀릴 것 같았다!

며느리의 친정 사람들이 와서 난리를 피웠지만 라오왕은 겁내지 않았다. 그는 이미 얼뉴에게서 장얼네 마누라가 부추겨서 며느리가 목을 맸다는 얘기를 들었기 때문에 준비가 되어 있었다. 왕씨네 가족들은 그녀를 죽음으로 몰아넣지 않았고, 그녀를 괴롭힌 적도 없는 것이다. 라오왕이 '교양인'의 행동을 얼마나 제대로 배웠는지 보라. 눈을 똑바로 뜨고 거짓말을 하지 않는가.

장얼네 마누라는 당황해서 어쩔 줄 몰랐다. 말솜씨가 아무리 좋다 해도 남의 모함에 빠지는 걸 피할 수는 없는 것이다! 사람 목숨에 관한 일이다. 그녀 본인이야 해명할 수 있다 해도 남편이 돌아오면 어쨌든 한바탕 난리가 날 것이다. 송사야 당연히 벌일 수 없다. 류씨네 대잡원 사람들이 어디 감히 송사를 벌이겠는가? 하지만 라오왕과 얼뉴가 입을 맞춰 우기고, 며느리네 친정에서 그녀에게 책임을 지라고 한다면 일이 성가셔질 것이다! 류씨네 대잡원은 이치를 따지지 않으니, 만약 라오왕이 그녀를 물고 늘어지면 그녀는 정말로 피할 수 없을 것이다. 그러기에, 괜히 평소에 말하기를 좋아해서는. 이웃 중에 그녀를 싫어하는 사람이 적지 않아서, 그 자리에 있는 몽둥이로 그녀의 다리를 때린다면 사람들은 우르르 몰려들어 그녀를 '타도' -석간신문에 나오는 말을 쓰자면- 할 것이다. 아니나 다를까, 집에 돌아와서 자기 마누라가 사고를 쳤다는 얘기를 들은 장얼은 내막을 자세히 알아볼 생각도 하지 않고 일단 마누라부터 때렸다. 아무튼 마누라를 때리는 거야 당연한 일 아닌가. 장얼네 마누라는 호되게 얻어맞았고, 온 대잡원 사람들은 다들 아주 통쾌해 했다.

며느리의 친정에서는 송사를 하지는 않고, 돈을 달라고 했다. 돈을 주지 않으면 다른 수를 쓰겠다는 거였다. 하필 라오왕이 제일 걱정하는 일이 일어났다. 지난번에 며느리를 볼 때 진 빚도 아직 다 못 갚았는데 또 돈 나갈 일이 생기다니! 그렇지만 어찌됐든 승낙해야 했다. 안 그러면 방에 시체를 그대로 놔둬야 할 텐데, 그거야말로 말도 안 되는 일이기 때문이다.

샤오왕도 돌아왔다. 꼭 돌을 깎아 만든 사람 같았지만, 나는 그가 마음속으로 몹시 슬퍼하고 있다는 걸 알아챘다. 아무도 죽은 며느리를 마음에 두고 있지 않았다. 오직 샤오왕만 방으로 들어가 그녀의 주검 곁에서 한나절을 앉아 있었다. 내 생각에, 아버지가 '교양' 있는 사람이 아니었다면 그는 분명히 마누라를 그렇게 자주 때리지 않았을 것이다. 하지만 아버지가 '교양' 있는 사람인 이상, 아들은 당연히 효도를 하기 위해 마누라를 때려야 했다. 일단 때리기 시작하면 그는 자기 팔이 원래 돌을 깨는 데 쓰던 거라는 걸 잊어버렸다. 그는 아무 말도 없이 방 안에 한나절이나 앉아 있으면서, 새 바지-기운 데가 없는-를 마누라에게 입혀 주었다. 아버지가 말을 걸었지만 그는 듣지 못하는 듯했다. 그는 줄곧 박쥐 상표의 담배를 피우면서, 남들은 보지 못하는 뭔가를 보기라도 하는 듯이 눈도 한 번 깜빡이지 않았다.

며느리의 친정에서는 100위안을 요구했다. 50위안은 며느리의 장례비용이고, 나머지 50위안은 친정에 돌아가는 몫이었다. 샤오왕은 여전히 한마디도 하지 않았다. 돈을 주겠다고 약속한 라오왕은 제일 먼저 장얼을 찾아갔다. "자네 부인이 저지른 일이니, 더 따질 것 없이 자네하고 나하고 50위안씩 내자고. 안 그러면 시체를 자네 방에 갖다 놓을 거야." 라오왕은 부드럽지만 단호한 말투로 말했다.

장얼은 방금 술을 넉 냥어치나 마신 참이라 눈이 벌게져 있었다. 그도 순순히 듣고 있지만은 않았다. "왕씨 어르신, 50위안이라고요? 좋아요, 내지요! 자, 한번 보쇼. 집에 뭐라도 있으면 다 가져가쇼. 아니면 내 어르신한테 우리 큰애랑 둘째를 팔겠소. 어린애 둘이 50위안은 안 되겠소? 이봐, 샤오싼小三 엄마! 큰애랑 둘째를 왕씨 어르신 댁으로 보내! 잘 먹고 잘 뛰어다니니까 절대로 귀찮을 일은 없을 겁니다. 마침 어르신은 손자도 없으니 잘 됐잖소!"

라오왕은 완곡하게 거절을 당한 셈이었다. 장얼의 방 안에 있는 물건들은 전부 합해 봐야 고작 너 푼어치나 될까 말까 했다! 애들 둘? 그냥 장얼이 키우라지. 하지만 장얼이 이렇게 간단히 벗어나게 놔둘 수는 없었다. 50위안을 못 낸다면 30위안은 안 되는가? 장얼은 아주 기분이 좋은 듯이 민요를 흥얼거리기 시작했다. "왜 30위안으로 깎아요? 50위안이 낫지. 일단 잘 적어 두쇼. 언제고 내가 전차에 깔려 죽으면 그때 갚을 테니까."

라오왕은 아들을 시켜 장얼을 패 주고 싶었지만, 장얼도 제법 건장해서 확실히 패 줄 수 있을지 알 수가 없었다. 줄곧 뭐라 말할 엄두를 못 내고 있던 장얼네 마누라는 살아날 수가 보인다 싶었던지 이 기회에 자기 체면을 좀 세우려 했다. "왕가 놈아, 두고 보자. 내가 네 방 대들보에 목을 안 매달면 사람이 아니다. 어디 두고 보자고!"

라오왕은 '교양인'이라 장얼네 마누라와 말싸움을 할 수 없었다. 그리고 그는 이런 왈가닥 여편네는 무슨 짓이든 할 거라고 생각했다. 진짜로 목매 죽은 시체가 하나 더 나온다면 그가 책임을 져야 할 터였다. 라오왕은 장얼을 아예 안 찾아왔던 셈 치기로 했다. 장얼은 곡조를 바꿔 가며 노래를 흥얼거렸다.

사실 라오왕은 애초부터 '교양' 있는 방법을 생각해 두고 있었다. 장얼과 실랑이한 건 그냥 한번 해 본 것뿐이었다. 그는 서양인 집으로 갔다. 서양인 어르신이 집에 없어서, 그는 서양인 마님 앞에 무릎을 꿇고 100위안을 달라고 부탁했다. 서양인 마님은 100위안을 줬는데, 그중에서 50위안은 라오왕의 월급에서 제할 것이고, 이자는 받지 않겠다고 했다.

라오왕은 돈을 가지고 콧대가 하늘에 닿아서 돌아왔다.

상방(喪榜)[2], 사람이 죽었을 때 지관 등에게 의뢰해 출관 일시와 죽은 이의 생년월일, 사망일시 등을 종이에 쓴 것)을 쓰는 데만도 8위안이 들었다. 상방도 한 장 안 쓰려

---

2. 사람이 죽었을 때 지관 등에게 의뢰해 출관 일시와 죽은 이의 생년월일, 사망일시 등을 종이에 쓴 것.

고 한다면 지관이 어디 일을 해 주려고 하겠는가? 이 돈은 안 쓸 수 없는 돈이었다.

며느리는 그래도 죽은 '값어치'가 있다고 할 만했다. 붉은 양단으로 지은 새 옷에 새 버선, 새 신발을 신고 머리에는 구리로 된 새하얀 머리 장식을 꽂았다. 관을 사는 데는 12위안이 들었고, 죽은 지 사흘째 되는 날에 중 다섯 명이 염불을 외며 천도를 했다. 친정에서는 40위안 좀 넘는 돈을 받아 갔다. 라오왕은 어쨌든 간에 50위안을 다 채워서 줄 수는 없었다.

이 일은 이렇게 지나간 셈이지만, 얼뉴가 벌을 받았다. 방에 들어가지 못하게 된 것이다. 방에 들어가서 뭘 하든, 얼뉴의 눈에는 붉은 저고리를 입고 대들보에 매달려 그녀를 향해 혀를 길게 내민 올케가 보였다. 라오왕은 이사를 가야 했다. 하지만 이런 일이 생긴 방에 누가 들어와 살려고 하겠는가? 라오왕 본인이 계속 산다면 집주인은 아마도 자초지종을 따지지 않고 대충 넘어갈 수도 있겠지만, 이사를 가려 한다면 손해를 배상하라고 하지 않으면 오히려 이상한 일일 것이다. 하지만 얼뉴가 방에 들어가서 잘

엄두를 못 내는 것도 문제는 문제였다. 그도 그렇지만, 며느리도 죽은 마당에 뭣 하러 방을 두 개나 쓴단 말인가? 그렇다고 그 방을 빼서 세를 준다 해도 누가 들어와 살려고 하겠는가? 이것도 어려운 문제였다.

라오왕은 또다시 좋은 수를 생각해냈다. 며느리가 목매 죽은 귀신이 된 후로 그는 전보다 더 여자를 무시하게 되었다. 죽은 사람한테 40~50위안이나 쓰고, 그 친정에도 40위안 넘게 쥐여 주고 나니 그는 정말로 속이 답답해졌다. 그러다 보니 딸인 얼뉴까지 우습게 보게 되었다. 그는 당장 딸을 시집보내고 예물을 받아 그 돈으로 아들에게 새 며느리를 얻어 주고 싶어 했다. 얼뉴가 방에 들어가질 못하니 마침 잘 됐다. 보내 버리면 될 일이다. 200~300위안에 팔아 버리면 아들에게 새 며느리를 얻어 주고도 라오왕 본인 몫으로 비상금을 좀 남길 수 있을 것이다.

라오왕은 우물쭈물하며 나한테 이런 얘기를 했다. 처음에 나는 그가 얼뉴를 우리 아들한테 시집보내려는 줄 알았는데, 그게 아니라 혹시 적당한 외지 사람 중에 200~300위안을 예물로 내고 데려갈 사람이 있는지 눈여겨봐 달라는 것이었다. 나는 아무 말도 하지 않았다.

바로 이때쯤 어떤 사람이 샤오왕에게 중매를 하러 왔다. 밥도 잘하고 빨래도 잘하는 열여덟 살짜리 처녀인데 예물은 120위안만 주면 된다는 것이었다. 라오왕은 더더욱 마음이 급해져서 당장이라도 얼뉴를 내쫓아 버리려는 듯했다.

집주인이 왔다. 방에서 시체가 나온 일이 집주인 귀에까지 들어갔기 때문이다. 라오왕은 허세를 부려 집주인을 속였다. "방에서 일이 생기긴 했지만 내가 그대로 이 방에 살고 있잖소! 이 일은 나를 탓하면 안 되지. 난 종일 집에 없는데 내가 며느리를 괴롭힐 수나 있었겠소? 나쁜 이웃이 있는 거야 내가 어쩔 수 있나. 장얼네 마누라만 아니었으면 우리 며느리가 목맬 생각을 했겠소? 목매 죽은 거야 별 일 아니지만, 나는 지금 또 아들한테 며느리를 얻어 줘야 한단 말이오. 아무튼 나는 서양 일을 하고 있으니, 내가 돈이 없어도 서양인한테 얘기를 해서 좀 도와달라고 할 수 있지. 이번 일만 해도 서양인이 나한테 100위안을 줬다고!"

집주인은 그의 허세에 속아 넘어갔다. 이웃들에게 물어보니 정말로 서양인한테서 돈을 받아 왔다고 하고, 다들 라오왕에게 탄복하고 있었다. 집주인은 서양 일을 하는 사람의 미움을 사고 싶지 않아 라오왕에게 뭐라고 더 말하지 않았다. 하지만 장얼 이놈은 나쁜 놈이다. 방세도 두 달이나 밀린 주제에 그 집 여편네는 남의 험담이나 하다니, 쫓아내 버려야겠다! 장얼네 여편네가 아무리 말을 잘한다 해도 아무튼 두 달치 월세는 내야 한다. 못 내면 당장 썩 꺼져야지!

장얼은 이사를 갔다. 이사를 가는 그날도 장얼은 술 취한 고양이처럼 취해 있었다.

어디 한번 두고 보자. 얼뉴를 얼마에 팔아 치울 수 있을지, 샤오왕은 또 어떤 마누라를 들일지 두고 보자. 이게 다 무슨 일인지 원! 다시 얘기하지만, '교양'이란 건 죄다 헛소리다!

(1933년 11월 「대중화보大眾畫報」 제1호에 발표)

신장개업

신장개업

 나는 라오왕老王과 라오추老邱와 함께 돈을 조금씩 모아 작은 병원을 열었다. 라오왕의 부인이 간호주임을 맡았다. 그녀는 원래 간호사였다가 의사 부인으로 지위가 상승한 사람이었다. 라오추의 장인이 서무 겸 회계를 맡았다. 나와 라오왕은 만약 라오추의 장인이 장부를 실제와 다르게 써서 돈을 착복하거나 혹은 돈을 가지고 몰래 도망가면 우리 둘이서 라오추를 패 주기로 했다. 말하자면 라오추가 장인의 보증금인 셈이었다. 나와 라오왕이 한편이고, 라오추는 우리가 나중에 찾은 동료이기 때문에 우리 둘은 아무래도 그가 어떻게 행동할지 보고 대비해야 했다. 일을 할 때는 무슨 일이든, 사람이 몇 명이든 간에 늘 그 안에서 파를 나눠 두고 주의를 해야 한다. 그러지 않으면 점점 엉망이 되고 만다. 라오왕 부인까지 더하면, 만약 우리가 정말로 라오추를 패 줘야 할 일이 생긴다면 세 명에서 한 사람을 패 줄 수 있을 것이다. 라오추의 장인이야 당연히 라오추를 돕겠지만, 그는 나이가 많으니 라오왕 부인 혼자서도 그의 수염을 죄다 뜯어 놓을 수 있을 것이다. 그래도 라오추는 실력은 확실히 좋았다. 이건 거짓말이 아니다. 치질 수술을 전문으로 하는데, 수술을 아주 잘해서 우리도 그에게 같이 병원을 내자고 한 것이다. 하지만 그가 정말로 얻어맞을 짓을 한다면 우리도 그를 너그럽게 대해 주진 않을 것이다.

내가 내과를 맡고, 라오왕이 성병을 진료하고, 라오추는 치루를 전문으로 보면서 외과 진료를 겸하고, 왕 부인은 간호주임이면서 산부인과를 겸하기로 해서 우리 병원엔 과가 총 네 개가 되었다. 우리 내과는, 솔직히 말하자면 완전히 문외한이라 아무것도 모른다. 값은 물건에 맞게 받아야 하므로 우리 내과는 진료비를 아주 적게 받는다. 바가지를 씌우려면 성병과 치루 진료에서 씌워야 한다. 라오왕과 라오추가 우리의 희망이다. 나와 왕 부인은 그냥 자리만 채우고 있을 뿐이다. 그녀는 애초에 의사도 아니다. 본인이 아이를 둘 낳았으니 출산에 관한 경험은 좀 있을 것이다. 조산 수술은, 아무튼 나한테 부인이 있더라도 절대로 그녀가 아이를 받게 하진 않을 것이다. 그래도 우리는 산부인과를 개설해야 했다. 산부인과가 제일 이득이 되기 때문이다. 순탄하게 애를 낳기만 하면 최소한 열흘에서 보름은 입원해 있을 것이고, 그동안 미음이나 진밥만 주면 되니 입원 일수만큼 돈을 벌 수 있다. 만약 순탄하게 낳지 못한다면, 그야 그때 가서 생각해 볼 일이다. 산 입에 거미줄 치기야 하겠는가?

우리는 개업을 했다. '대중의원'이라는 네 글자가 크고 작은 신문에 벌써 한 달 반 동안이나 오르내렸다. 병원 이름을 아주 잘 지었다. 지금 시대엔 돈 버는 일을 하려면 '대중'을 잊어서는 안 된다. 대중을 상대로 돈을 벌지 않으면 누구에게서 돈을 번단 말인가? 이게 바로 참된 도리가 아닌가? 물론 우리는 광고에 이런 얘기를 적지는 않았다. 대중들은 진실한 얘기를 듣기 싫어하기 때문이다. 우리는 "대중을 위해 희생하고, 동포들의 행복을 도모합니다. 모든 것이 과학화되고 평민화되어 있으며, 중국과 서양의 의술이 서로 소통하고, 계급사상을 타파합니다"라고 적었다. 광고비를 적잖이 써서 본전에 좀 손해를 입었다.

대중을 불러들여서 천천히 돈을 뜯어낼 것이다. 광고만 봐서는 우리 병원이 얼마나 큰지 아무도 알 수 없다. 광고에 실린 병원 사진은 3층짜리 큰 건물인데, 그건 병원 근처에 있는 운수회사 사진을 실은 것이다. 우리 병원은 단층 사합원에 방이 여섯 개뿐이다.

우리는 개업을 했다. 1주일 동안 무료로 외래 진찰을 해줬는데, 사람이 꽤 많이 왔지만 정말로 전부 '대중'이었다. 나는 좀 있어 보이는 사람들을 골라, 그들이 무슨 병으로 왔든 간에 전부 여러 가지 소다수를 조금씩 주었다. 그리고 1주일 후부터 정식으로 진료비를 받았다. 나는 진짜배기 '대중'들에게는 소다수도 주지 않고, 그들에게 집으로 돌아가 세수를 하고 다시 오라고, 온 얼굴에 진흙이 잔뜩 묻은 채로는 약을 먹어 봐야 헛일이라고 말했다.

하루 종일 바쁘게 일한 우리는 밤에 긴급회의를 열었다. 대중에게만 의지해서는 안 되고, 어떻게든 돈 있는 사람들을 찾아야 했다. 우리는 모두 병원 이름을 '대중의원'이라고 짓지 말았어야 했다고 후회했다. 대중만 있고 귀족이 없으면 어디서 큰돈을 번단 말인가? 병원이 석유회

사도 아니고. 일찍이 알았다면 아예 이름을 '귀족의원'이라고 짓는 게 나았을 뻔했다. 라오추는 메스를 몇 번이나 소독했지만 치질 환자는 단 한 명도 오지 않았다! 치질을 오래 앓은 부자가 '대중의원'에 수술을 하러 올 리가 있겠는가?

라오왕이 방법을 생각해냈다. 내일 운행이 가능한 자동차 한 대를 빌려서, 우리가 차례대로 몇 번 왔다 갔다 하면서 작은 외할머니든 셋째 외숙모든 옷을 잘 차려 입혀서 모셔 와서, 병원 문 앞에 도착하면 곧장 간호사들이 부축해서 안으로 모시는 것이다. 이렇게 삼사십 번쯤 하고 나면 주위의 이웃들은 분명히 우리한테 감탄하게 되리라는 것이었다.

우리는 모두 라오왕에게 탄복했다.

"그리고 운행이 불가능한 차도 몇 대 빌리자고." 라오왕이 이어서 말했다.

"뭘 하게?" 내가 물었다.

"자동차 판매점과 상의를 해서, 지금 수리 중인 차를 몇 대 빌려서 병원 입구에 하루 동안 대 놓고, 이따금 부르릉거리는 소리를 내는 거야. 우리 병원에 진찰을 받으러 온 사람들이 밖에서 자동차가 계속 부르릉거리는 소리를 들으면, 우리 병원에 차를 타고 다니는 사람이 몇 명이나 더 왔는지 모를 것 아닌가. 밖에서 보는 사람들은 우리 병원 앞에 노상 차들이 잔뜩 서 있는 걸 보면 깜빡 속지 않겠어?"

우리는 이 계획대로, 다음날 바로 친척들을 모셔 와서 차를 한 잔 대접하고 다시 바래다주었다. 두 명의 여자 간호사는 누가 올 때마다 부축하고 병원을 들락거리느라 종일 쉬지 못했다. 운행을 할 수는 없지만 부르릉거릴 수는 있는 자동차 몇 대는 날이 밝자마자 운반해 와서는 5분에 한 번씩 차례대로 부르릉거려서, 해가 뜨자마자 구경 온 아이들에게 온통 둘러싸였다. 우리는 무리 지어 서 있는 자동차 사진을 찍어 지인에게 부탁해 석간신문에 실었다. 라오추의 장인은 자동차가 오가는 성황을 형용한 팔고문(八股)을 한 편 지었다. 그날 저녁에 우리는 모두 저녁밥을 먹을 수가 없었다. 차들이 너무 심하게 부르릉거려 다들 머리가 어지러웠기 때문이다.

정말 라오왕에게 탄복하지 않을 수가 없다. 사흘째 되던 날, 문을 열자마자 차가 한 대 오더니 장교 한 명이 들어왔다. 급히 마중을 나가던 라오왕은 출입구 문이 낮은 것을 깜빡하고 머리를 부딪쳐 커다란 혹이 났다. 장교는 성병 진료를 보러 온 것이었다. 라오왕은 머리에 난 혹은 신경 쓸 새도 없이 마치 장미꽃이 활짝 피듯이 만면에 웃음을 띠었다. 혹이 일고여덟 개는 더 생겨도 상관없다는 듯했다. 몇 마디 오간 끝에 606 주사[3]를 한 대 팔았다. 여자 간호사 두 명이 장교의 군복을 벗기고, 하얀 손 네 개가 그의 양팔을 부축했다. 왕 부인이 와서 우선 통통한 검지로 주사 놓을 자리를 가볍게 두어 번 누른 다음에야 라오왕이 주사를 놓았다. 정신이 혼미해진 장교는 간호사들을 보며 끊임없이 "좋아! 좋아! 좋아!"하고 외쳤다. 나는 옆에서 보고 있다가 주사를 한 대 더 놓아 드리라고 했다. 라오추도 운이 트이자 머리가 잘 돌아가게 되었는지, 벌써 재스민 차에 소금을 조금 넣어 준비해 두고 있었다. 라오왕이 간호사들에게 장교의 팔을 부축하라고 했고, 왕 부

---

3. 아르스페나민, 매독 치료제

인이 다시 와서 통통한 검지로 두어 번 누르고, 그런 다음 재스민차를 주사했다. 장교는 또 '좋아'라고 외쳤다. 라오왕은 이번엔 자기가 알아서 장교에게 용정차를 주사했다. 우리 병원은 차에 상당히 신경을 써서, 항상 재스민차와 용정차를 함께 대접한다. 차 주사 두 대에 606 주사 한 대까지 해서 우리는 장교에게 25위안을 받았다. 원래는 주사 한 대에 10위안을 받지만 5위안을 깎아 준 것이다. 우리는 그에게 병원에 계속 와야 한다고, 주사를 열 번 맞으면 반드시 병의 뿌리를 뽑을 수 있다고 말했다. 어차피 차야 많으니까, 하고 나는 속으로 생각했다.

  계산을 하고 나서도 장교는 병원을 떠나기 아쉬워했다. 라오왕과 나는 그와 잡담을 하기 시작했다. 나는 그에게 병을 숨기지 않은 것에 대해 칭찬했다. "성병에 걸렸으면 빨리 치료를 해야 합니다. 우리 병원에 와서 치료를 받으면 절대로 위험할 게 없어요. 성병은 큰 인물이 걸리는 떳떳한 병이니까, 걸렸으면 그냥 치료하면 됩니다. 606 주사만 몇 번 맞으면 끝이고, 아무 문제가 없지요. 가게의 어린 점원이나 중학교 학생들은 병에 걸리면 슬금슬금 감추고서 몰래 악덕 의사를 찾아가거나, 아니면 몰래 쓰는 약을 사거나 하지요. 이런 약을 파는 광고는 전부 공중 화장실에만 붙어 있는데, 이런 걸 먹으면 야단납니다." 장교는 내 말에 완전히 동의하면서, 지금까지 스무 번이 넘게 병원에 갔었지만 이번만큼 편안했던 적이 없다고 말했다. 나는 더 이상은 맞장구를 치지 않았다.

라오왕이 말을 받아서는, 606 주사를 부지런히 맞기만 하면 성병은 병도 아니라고 말했다. 장교는 라오왕의 말에 완전히 동의하면서 사실로써 자기 말을 증명하듯 말했다. 자신은 항상 병이 완전히 나을 때까지 기다리지 않고 다시 홍등가를 찾는데, 아무튼 주사만 다시 몇 대 맞으면 괜찮다는 것이다. 라오왕은 장교의 말에 완전히 동의하면서 그를 단골로 만들려고 했다. 장교가 만약 장기적으로 주사를 맞고 싶다면 주사값을 반만 받아서 한 대에 5위안에 놔 주겠다는 것이다. 아니면 월정액으로 해서, 한 달에 주사를 몇 번을 맞든 100위안만 내면 된다고 했다. 장교는 이 의견에 완전히 동의하면서, 자기가 올 때마다 오늘처럼 대접해 줘야 한다고 말했다. 우리는 아무 말도 하지 않았지만 웃으면서 고개를 끄덕였다.

장교의 차가 떠나자마자 차 한 대가 오더니 여자 몸종 네 명이 어떤 부인을 부축하고 들어왔다. 그들은 차에서 내리자마자 다섯 개의 입을 모아 "특실 있나요?"라고 물었다. 나는 몸종 한 명을 옆으로 밀어내고 가볍게 부인의 손목을 부축하며 마당 안으로 들어왔다. 나는 운수회사 건물을 가리키며 말했다. "저쪽의 특실은 전부 다 찼습니다. 그래도 잘 맞춰 오셨습니다. 이쪽에-나는 우리 병원의 작은 방들을 가리켰다-1등 병실 두 개가 있으니 우선 아쉬운 대로 잠깐 여기에 입원을 하시죠. 사실 이 병실이 위층에 있는 병실보다 더 편안합니다. 계단을 오르내릴 필요가 없으니까요. 그렇지 않습니까, 노부인?"

노부인의 첫마디가 내 마음속에 꽃을 활짝 피웠다. "아유, 이분은 좀 의사 같네. 환자가 편해지려는 게 아니라면 병원에 뭐 하러 오겠어요? 둥성의원東生醫院의 그 의사들은 정말 사람도 아니라니까!"

"노부인, 둥성의원에 가셨습니까?" 나는 깜짝 놀라서 물었다.

"지금 거기서 오는 길이에요. 그 망할 놈들!"

그녀는 말을 꺼낸 김에 둥성의원-양심적으로 말하자면 그곳은 이 지역에서 제일 크고 제일 좋은 병원이다-을 욕하기 시작했다. 나는 그녀를 부축해 방 안으로 데려갔다. 그녀가 계속 둥성의원을 욕하도록 유도하지 않는다면 그녀는 절대로 이 방에 입원하지 않을 것이다. "거기서 며칠간 입원하셨습니까?" 내가 물었다.

"이틀이요. 딱 이틀 입원했는데도 죽을 뻔했다고요!" 노부인은 침대에 앉았다.

나는 다리로 침대 가장자리를 받쳤다. 우리 병원의 침대는 다 괜찮은데, 좀 오래돼서 자꾸 쓰러졌다. "어쩌다가 거기에 가셨습니까?" 나는 말을 멈출 수가 없었다. 안 그러면 노부인이 내 다리를 눈치챌 테니까.

"말도 마세요! 말만 꺼내도 화가 치밀어 쓰러질 지경이니까. 들어 봐요, 의사 선생. 난 위장병에 걸렸는데 그 사람들이 아무것도 못 먹게 하지 뭐예요!" 노부인은 금방이라도 눈물을 흘릴 듯했다.

"아무것도 못 먹게 했다고요?" 나는 눈을 동그랗게 떴

다. "위장병에 걸렸는데 아무것도 못 먹게 해요? 돌팔이 같으니! 연세도 있으신 분한테! 노부인, 여든쯤 되셨나요?"

노부인은 곧바로 눈물이 반 넘게 쏙 들어가더니 빙긋 웃으며 말했다. "아직이에요. 이제 쉰여덟이 됐지요."

"저희 어머니와 동갑이시군요. 어머니도 가끔 위장병을 앓으시죠!" 나는 눈가를 훔쳤다. "노부인, 여기 입원하시죠. 제가 그 병을 꼭 고쳐 드리겠습니다. 이 병은 보양을 잘 해야 낫는 병이에요. 드시고 싶으신 건 뭐든 드시면 됩니다. 그러면 마음이 편해져서 병도 많이 나아질 거예요. 그렇지 않습니까, 노부인?"

노부인의 눈에 다시 눈물이 고였다. 이번엔 내 말에 감동해서였다. "의사 선생, 난 딱딱한 음식을 좋아하는데 그 사람들은 나한테 죽만 주지 뭐예요. 일부러 내 화를 돋우려는 게 아니면 뭐겠어요?"

"치아가 좋으시면 당연히 딱딱한 음식을 드셔야지요!" 나는 엄숙하게 말했다.

"조금만 지나면 배가 고픈데, 때가 되기 전엔 아무것도 못 먹게 하고요!"

"이런 멍청이들!"

"밤중에 잘 자고 있는데, 웬 유리 막대기를 내 입에 집어넣고는 뭘 잰다고 하더라고요."

"사리를 모르는 것들!"

"요강을 갖다달라고 했더니 간호사가 좀 기다리라고, 의사가 곧 올 테니 진찰이 끝나면 갖다주겠다지 뭐예요!"

"이런 죽일 놈들!"

"막 힘들게 일어나 앉자마자 간호사가 누우라고 했어요!"

"망할 것들!"

나와 노부인은 얘기를 이어 갈수록 마음이 맞았다. 우리 병실이 더 작았더라도 그녀는 가 버리지 않을 듯했다. 나는 아예 침대 가장자리도 받치고 있지 않기로 했다. 침대가 쓰러져도 그녀는 용서해 줄 것 같았다.

"여기도 간호사가 있나요?" 노부인이 물었다.

"있는데, 상관없습니다." 나는 웃으며 말했다. "몸종 네 명을 데려오시지 않았습니까? 그 몸종들도 전부 여기 입원시키면 됩니다. 노부인 댁의 사람들이 당연히 더 잘 돌 봐 드리겠지요. 그냥 간호사들에게 오지 말라고 하겠습니 다. 어떠십니까?"

"그러면야 좋지만, 입원할 곳이 있을까요?" 노부인은 좀 미안해하는 것 같았다.

"있습니다. 아예 여기를 전세 내시죠. 몸종 네 명 외에 요리사도 부르셔도 괜찮습니다. 드시고 싶은 걸 드셔야죠. 입원비는 노부인 한 사람 몫만 받고, 몸종들과 요리사 몫 은 받지 않겠습니다. 하루에 50위안입니다."

노부인은 한숨을 쉬었다. "돈은 얼마든 상관없어요. 그 럼 그렇게 하지요. 춘샹春香, 집에 가서 요리사 좀 불러 와 라. 올 때 오리 두 마리를 가져오라고 해."

나는 후회가 되었다. 왜 겨우 50위안만 받는다고 했을 까? 정말이지 내 뺨을 한 대 때려 주고 싶었다! 그래도 다 행인 건 약값을 거기 포함시키지는 않았다는 것이다. 그 래, 약값에서 좀 더 보충하면 된다. 아무튼 태도를 보아하 니 이 노부인은 사단장까지 올랐던 아들이 최소한 한 명 쯤은 있을 것이다. 게다가 그녀가 날마다 구운 떡에 오리

구이를 먹는다면 사흘이나 닷새 만에 퇴원하지는 못할 것이다. 일은 길게 봐야 하는 법이다.

병원의 모습이 꽤나 그럴싸해졌다. 몸종 네 명이 바삐 들락거렸고, 요리사는 마당의 담 아래에 벽돌을 쌓아 부뚜막을 만들었다. 마치 결혼식 잔치라도 하는 것 같았다. 우리도 사양하지 않고 노부인이 가져온 과일을 마음대로 맛보고, 오리구이도 몇 점 먹었다. 아무도 그녀를 진찰할 생각을 하지 못했다. 우리의 신경은 전부 그녀가 무슨 맛있는 음식들을 사 올지에 쏠려 있었기 때문이다.

라오왕과 나는 그래도 개시를 한 셈이지만 라오추는 좀 쑥스러워했다. 그는 손에 계속 메스를 들고 있었다. 나는 그가 나를 상대로 시험을 할까 봐 그를 계속 피해 다녔다. 라오왕은 그에게 조급해하지 말라고 했지만, 그는 승부욕이 너무 강해서 꼭 우리 병원에 몇십 위안을 벌어 주고 싶어 했다. 나는 그의 이런 정신에 감탄했다.

점심을 먹고 나자, 왔다! 치질 수술 환자가! 마흔 남짓 됐는데, 뚱뚱하고 배가 아주 컸다. 왕 부인은 그 사람이 아이를 낳으러 온 줄 알았다가, 다시 보고서야 그 사람이 남자라는 걸 알아보고 라오추에게 양보했다. 라오추는 눈이 다 벌게졌다. 몇 마디 오간 끝에 라오추는 메스를 놀리기 시작했다. 마흔 남짓한 뚱보는 너무 아파서 계속 소리를 지르며 라오추에게 마취약을 써 달라고 애원했다. 하지만 라오추는 이렇게 말했다.

"애초에 마취약 얘기는 안 했잖아요! 쓸 수는 있는데, 10위안을 추가로 내야 합니다. 쓸까요, 말까요? 빨리 말해요!"

뚱보는 감히 고개를 젓지도 못했다. 라오추는 그에게 마취약을 써 줬다. 수술을 계속하던 그는 다시 손을 멈췄다. "이봐요. 여기 관이 있는데, 아까 관을 떼어낼지 말지는 얘기를 안 했지요. 떼어낼 겁니까 말 겁니까? 떼어낼 거면 30위안을 더 내야 됩니다. 안 떼어낼 거면 여기서 끝이에요."

옆에서 보고 있던 나는 슬쩍 엄지손가락을 들어 보였다. 라오추는 정말 대단했다! 일단 붙잡아 두고 계속 돈을 뜯어내다니, 그것도 방법이다!

마흔 남짓한 뚱보는 반박하지 않았다. 아마도 반박하지

못한 것이리라. 라오추의 수술은 깔끔했고 말도 아주 시원시원했다. 그는 관을 절개하면서 병원을 선전했다. "이봐요, 이런 수술은 원래 200위안은 받는 겁니다. 하지만 우리는 바가지를 씌우진 않아요. 병이 잘 나으면 그냥 선전만 좀 해 주면 됩니다. 나중에 시간이 나면 보러 와도 좋습니다. 이 녀석은 4만 5천 배까지 확대해 주는 현미경인데, 이걸로 봐도 미생물 하나 못 찾아낼걸요!"

뚱보는 말이 없었다. 아마 화가 난 나머지 기절한 모양이었다.

라오추는 또 50위안을 벌었다. 그날 저녁에 우리는 술을 좀 사 오고, 노부인의 요리사에게 요리를 몇 가지 해 달라고 부탁했다. 요리 재료는 대부분 노부인의 것을 썼다. 저녁을 먹으면서 사업에 관해 토론한 끝에 우리는 낙태수술과와 금연과를 추가로 개설하기로 했다. 라오왕은 암암리에 신체검사를 한다고 선전하자고 주장했다. 학교 입학시험을 보는 사람이든 아니면 보험에 들려는 사람이든, 그 사람이 벌써 수의를 지어 놓고 관에 들어가기 직전이라도, 검사비 5위안만 내면 신체검사표를 다 좋게 채워

주자는 것이었다. 이 안건도 번거로운 과정 없이 통과되었다. 마지막으로 라오추의 장인이 자기가 현판을 만들 테니 각자 몇 위안씩 내자고 건의했다. 노인이라 생각해 낸 방법도 옛날식이었다. 하지만 어쨌든 우리 병원을 사랑하는 마음에서 나온 것이라 우리는 반대하지 않았다. 장인은 벌써 '어진 마음과 어진 의술(仁心仁術)'이라고, 편액에 쓸 글귀까지 생각해 놓았다. 좀 진부하긴 하지만 그래도 적당했다. 내일 아침에 장인이 아침 시장에 가서 낡은 현판을 하나 사 오기로 결정했다. 왕 부인은 현판이 완성되면, 나중에 병원 문 앞으로 혼례 행렬이 지나갈 일이 있으면 그 악단이 연주를 하는 틈을 타서 현판을 걸자고 말했다. 역시 여자라 그런지 세심했다. 라오왕은 이 의견을 아주 많이 자랑스러워했다.

(1933년 10월 10일 「모순矛盾」 제2권 제2호에 발표)

안 경

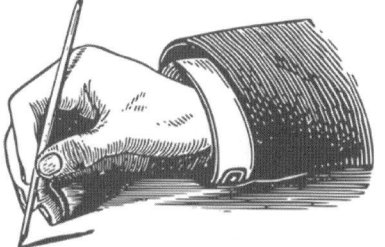

안경

쑹슈선宋修身은 과학을 공부하지만 일상생활에서는 과학 같은 것을 신경 쓰지 않았다. 그는 음식점 안의 파리들은 전부 소독된 거라고 믿었기 때문에, 깨장 비빔국수를 먹을 때 눈과 손을 따로 놀리는 수고를 하지 않았다. 그는 근시안을 가지고 있었고, 근시 안경도 가지고 있었다. 하지만 책을 읽을 때 말고는 안경을 쓰지 않았다. 예전부터 안경을 쓸수록 눈이 더 나빠진다는 말이 있었는데, 그는 이 말을 믿었다. 안 쓰는 게 나으면 쓰지 않는다. 가령 길을 걸을 때라든가 운동회를 관람할 때, 그의 안경은 손에 들려 있었다. 아무것도 보이지 않고, 종종 현기증이 났지만, 그것도 당연한 일이었다.

그는 학교에 가고 있었다. 사람과 부딪히지 않도록 벽의 바닥을 따라 걸었지만, 가끔은 개의 다리를 밟을 때도 있었다. 이번에는 안경집이 두꺼운 과학 잡지 두 권 속에 말려 있었다. 그는 이 방법이 안전하지 않다는 걸 분명히 알고 있었기 때문에, 몇 걸음 걷다가 멈춰 서서 한 번씩 만져 보곤 했다. 안경을 잃어버린다면 수업을 들을 때 허둥지둥하기만 하게 될 것이다. 게다가 자신은 재력이 충분치도 않으니 안경을 하나 사면 파산하게 될지도 모른다. 원래는 안경집을 주머니에 넣으려고 했지만, 몸의 곳곳에 있는 모든 주머니에는 빈 곳이 없었다. 공책, 손수건, 연필, 지우개, 조그만 병 두 개, 먹다 남은 사오빙(燒餠)[4] 같은 것들이 자리를 차지하고 있었다. 그냥 이렇게 들고 가자. 좀 조심하면 괜찮겠지. 그래도 안경집은 땅에 떨어지면 소리가 날 테니까.

 길모퉁이를 돌자마자 친구와 마주쳤다. 친구가 인사를 해서 그도 당연히 대답하지 않을 수 없었다. 멈춰 서서 몇 마디 대화했다. 자동차 한 대가 다가와서 그는 본능적으로 안쪽으로 피했다. 원래는 피할 필요가 없었지만, 시력이 나빠서 특별히 조심해야 했기 때문에 몸을 피했다가 코가 벽에 짓눌렸다. 자동차와 친구가 모두 지나간 후, 그는 지각할까 봐 걸음을 서둘렀다. 교문에 도착해서 만져 보

---

4. 구운 빵

니, 안경집이 없어졌다! 곧바로 머리에 진땀이 흘렀다. 온 길을 되짚어가며 찾았지만 그림자조차 보이지 않았다. 길모퉁이에는 언제나 인력거 몇 대가 세워져 있었다. 인력거꾼들에게 물어보니 다들 못 봤다고 말했다. 그들도 모두 근시안이기라도 한 듯했다. 다시 교문으로 가면서 찾아봤지만 양손에 흙만 만져질 뿐이었다. 그는 심사가 완전히 뒤틀렸다! 사오빙을 꺼내서 온 힘을 다해 교문에 내던졌다. 주머니 속에 이런 잡동사니들이 없었다면 어땠을까? 그 망할 놈의 친구와 마주치지 않았다면? 할 일 없이 쏘다니는 그놈의 자동차를 피하지 않았다면? 너무 공교로웠다! 공교로울수록 마음이 더 답답해졌다! 분명히 인력거꾼이 주워 가 놓고도 눈을 뻔히 뜨고 주지 않는 것일 것이다. 무슨 이 따위 세상이 있나! 매일같이 익숙하게 다니는 길에서 물건을 떨어뜨렸는데 한 마디 알려주지도 않고, 주워서 자기 주머니에 집어넣다니? 근시 안경이 무슨 소용이 있다고?

쑹슈선의 코가 벽에 짓눌렸을 때, 안경집이 벽 바닥에

떨어졌다. 인력거꾼 왕쓰王四가 그걸 보았다.

왕쓰는 원래 알려주려고 했지만, 다시 보니 1년 내내 벽만 따라 걸어 다니며 인력거를 한 번도 탄 적 없는 '그'였다. 말이 입가까지 나왔다가 다시 들어가 버렸다. 자동차가 길모퉁이를 돌아 지나간 후에 그는 안경집을 주워 허리춤에 집어넣었다.

다른 인력거꾼들 앞이라 자세히 살펴볼 수는 없었지만, 저도 모르게 마음속이 아주 통쾌해져서 인력거에 앉아 편안하게 미소를 지었다.

그는 쑹슈선이 돌아온 걸 보았다. 온 머리에 땀이 흐르는 게 꽤나 불쌍해 보였다. 안경집을 꺼내서 돌려주고 싶었다. 하지만 다른 사람들이 다들 못 봤다고 하는데, 만약 자기가 봤다고 인정하면서 먹었던 걸 다시 토해내면 너무 민망할 것이다. 게다가 돌려주면 그냥 공짜로 주게 되는 건데, 그가 사례금이라도 좀 줄 것인가? 그에게 공짜로 돌려주고, 친구들에게 비웃음까지 사게 될 것이다-허, 물건을 주워 놓고 한마디도 안 하다니, 우리가 자네 걸 뺏을까 봐 겁났어? 허, 주운 걸 공짜로 돌려주다니 대범하기도

안경

하구만?-못 봤다고 하는 게 낫겠다. 주웠으면 주운 거지. 그래도 싸다. 학생은 어쨌든 인력거꾼보단 돈이 많겠지.

쑹슈선이 돌아가는 걸 본 왕쓰는 인력거를 끌고 와서 어색하게 말했다. "여기서 시간 낭비하지 말고, 동쪽으로 가서 한번 기다려 보자고." 하지만 마음속으로는 "오늘은 장사 안 해도 되겠군. 안경집까지 딸린 안경을 팔면 8마오쯤 못 받겠어?!"라고 생각했다. 외진 곳으로 간 그는 인력거를 세우고 안경집을 꺼냈다. 안경집은 심하게 낡아서 성냥과 맞바꿔도 한 갑밖에 못 받을 것 같았다. 안경집을 싼 천은 전부 닳아 없어졌는데, 반들반들한 게 오히려 좋았다. 그 위에 끈적끈적한 감즙도 좀 묻어 있는 것 같았다. 열어 보니 안경테는 꽤 굵고 검은 게 괜찮아 보였다-왕쓰는 가느다란 철사 같은 안경테를 싫어했다. 흐물흐물한 안경테를 쓴 사람을 보면 그는 '차 타세요' 하고 권하는 말조차 하지 않았다. 귀에 거는 부분을 손으로 튕겨 보니 쇠는 아닌 것 같았지만, 그렇다고 나무도 아니었다-어쩌면 대모(玳瑁)[5] 로 된 걸지도 모른다! 그는 가슴이 뛰었다.

---

5. 대모 거북이의 등딱지

안경알은 아주 더러웠고, 밖으로 튀어나와 있었다. 안경알 위에는 온통 자국이 나 있었고 흙먼지도 덮여 있었는데, 가장자리로 갈수록 먼지가 더 두껍게 덮여 있었다. 안경 밑에 반쪽짜리 성냥도 하나 깔려 있었다. 그는 성냥을 그어서 바닥에 던져 버리고, 인력거 안에서 파란 헝겊으로 된 작은 먼지떨이를 꺼냈다. 그리고 안경알에 입김을 두 번 불고 먼지떨이로 닦기 시작했다. 입김을 연달아 네 번을 불고 나서야 안경알이 좀 그럴싸해졌고, 침을 발라 닦은 후에야 완전히 깨끗해졌다. 자기 얼굴에 써 보니 안경테가 너무 작아서 쓸 수가 없었다. 쑹슈선은 원래 머리가 작은 사람이었다. "팔 수도 없고, 내가 장난삼아 쓰지도 못한다니!" 왕쓰는 아무래도 조금 실망했다. 하지만 다시 생각해보니, 안경을 쓰고 인력거를 끌면 보기가 별로 좋지 않을 것 같았다. 게다가, 왜 못 판단 말인가?

그는 인력거를 끌고 어느 낡은 노점을 찾아갔다. "자, 이걸 팔겠소."

"안 사요." 노점상-코가 붉고 눈이 누런 녀석-은 한번 쳐다보지도 않았다. 그의 노점에 여러 개의 안경과 자수

장식이 있는 구식 안경집이 놓여 있는데도 그랬다.

왕쓰는 싸우고 싶지 않아서 "젠장, 친절하기도 하구만!"이란 말 한마디 하지 않았다.

그는 바구니를 메고 장사를 하는 고물상을 또 마주쳤다. "자, 이걸 팔겠소. 대모로 된 안경테요!"

"이런 대모는 본 적이 없는데!" 고물상은 안경을 한번 살펴보았다. "얼마에 팔 건지 그냥 말을 해보쇼."

"얼마 줄 수 있소?" 왕쓰는 안경을 그에게 건넸다.

"20편."

"뭐?" 왕쓰는 안경을 빼앗았다.

"적은 게 아니오. 도수 없는 안경이나 돋보기는 잘 팔리는데, 이건 근시 안경이오. 안경테는 셀룰로이드인데, 손님들이 이리저리 고르다가 혹시나 부서지면 내가 20편을 손해 보게 된단 말이오."

왕쓰는 실망했지만, 그래도 팔려 하지 않았다. 20편? 일찌감치 알았다면 그냥 그 벽바닥을 따라다니는 학생한테 돌려줬을걸!

그는 안경을 팔지 않고, 내일 원래 주인에게 돌려주기로 결정했다. 어쩌면 오히려 사례금을 몇 마오쯤 받을 수 있을지도 모른다.

　다음 날 아침, 왕쓰는 차를 길모퉁이에 세웠다. 학교 종이 울렸지만 벽바닥을 따라다니는 근시안은 아직 오지 않았다. 열 시가 넘을 때까지 기다렸지만 그는 여전히 코빼기도 보이지 않았다. 손님을 하나 태워다 주고 나니 대충 열두 시가 좀 넘었는데, 일부러 다시 그 자리로 돌아와 차를 세웠다. 학생들은 수업이 끝났지만, 그 근시안만 보이지 않았다.
　쑹슈선은 학교에 오지 않았다.
　안경을 잃어버린 후에 그는 교실로 갔다. 앞자리에 앉았지만, 칠판 위의 글자는 그래도 흐릿하게 보였다. 흐릿해 보일수록 잘 보려고 더 애를 쓰다 보니, 수업이 끝나고 나니 머리가 계속 쿡쿡 쑤시며 아팠다. 그는 마음이 더 답답해졌다. 2교시는 산수 연습문제 수업이었다. 그는 눈을 종이에 거의 갖다 대고 두세 문제를 풀었다. 마음속이 근질근질했고, 이마가 뜨거워졌다. 자기 자신을 잃어버린 것만 같았다. 평소에 그는 산수를 제일 좋아했지만, 지금은 숫자들을 보니 마음이 초조해졌다. 마음속에 잘 외우고 있던 그 공식들에 안경, 자동차, 인력거꾼 같은 새로운 것들이 더해졌다. 공식과 고민이 뒤섞이는 바람에 제일 좋아하는 과목이 제일 싫어하는 짜증스러운 것으로 변해 버렸다. 그는 더 이상 교실에 얌전히 앉아 있을 수가 없었다. 넓은 곳으로 달려가서 한바탕 고함이라도 질러야 속이 시원해질 것 같았다. 생명관生命觀 같은, 평소에 별로 생각하려 하지 않았던 것들이 지금은 마음속에서 전부 튀어나왔다. 낡은 근시 안경을 주워 봐야 무슨 소용이 있단 말인가? 그런데도 주워 가다니! 경제적인 압박감을 느끼고 있다면 장작 하나만 공짜로 주워도 좋을 테니, 그 인력거꾼을 탓할 순 없다. 이런 생각이 들었지만 그는 그래도 슬퍼졌다. 오늘 수업은 들을 수 없을 것이고, 내일도 당연히 또 머리가 아플 것이다. 안경을 맞추러 가자. 아마 못 찾을 거다. 학기가 시작할 때 집에서 70위안 조금 넘는 돈만 가지고 와서, 앞으로 두 달치 식비도 아직 나올 구석이 없었다. 집에서 수확한 곡식은 적지 않았지만 팔리지가 않았다. 아버지와 형이 하루 종일 일하느라 고생하는 게 생각났다. 하지만 그래도 곡식은 팔리지 않았다. 평소에 그는 이런 문제들을 생각할 시간이 없었고, 생각하려고도 하지 않았다. 그런데 오늘은 산수 공식이 이런 문제들에게 자리를 나눠준 것 같았다. 해결할 방법이 떠오르지 않았다. 그는 처음으로 생명을 의지할 곳이 없다는 생각이 들었다. 모든 안정적인 것들을 안경과 함께 잃어버리고, 눈앞의 일들이 전부 흐려져 버린 것 같았다. 그는 퇴학을 하고 싶지는 않았지만, 계속 학교에 다닐 의지도 생기지 않았다.

길고 긴 한 시간이 간신히 지나갔다. 수업이 끝났다는 걸 알리는 종소리는 평소와 다르게 뭔가 특별한 음색이 섞여서, 마치 사람들에게 다들 들판으로 가서 고함을 지르라고 시키는 구령처럼 느껴졌다. 그는 교실을 나갔다. 억울한 감정이 그를 교문 밖으로 나가도록 이끌었다. 그는 3교시 수업을 듣지 않았고, 조퇴 신청을 하지도 않았다. 3교시 수업이니 조퇴 신청 규칙이니 하는 것들에 생각이 닿지도 않았다.

벽바닥을 따라가면서 그는 아무것도 생각하지 않는 것

같기도 하고, 또 뭔가를 생각하는 것 같기도 했다. 길모퉁이에 도착하자 그는 안경 생각이 났다. 인력거꾼 몇 명이 거기서 얘기를 나누고 있었다. 그는 다시 그들에게 가서 물어보고 싶었지만, 그냥 고개를 숙이고 그곳을 지나갔다.

다음날, 그는 학교에 가지 않았다.

왕쓰는 그 근시안을 기다리지 않았다. 마음은 종일 인력거 안에 있는 그 낡은 안경집에 가 있었다. 왜 계속 잊어버릴 수가 없는지 알 수 없었다.

장사가 끝나갈 때쯤에 샤오자오小趙가 왔다. 샤오자오네 집은 작은 잡화점을 하는데, 그는 가게 일에 대해 별로 신경 쓰지 않았다. 그의 아버지는 그가 가게 일을 좀 관리하길 바랐지만, 가게를 관리하라고 시키면 그는 돈을 훔쳤다. 아들이 직원보다 미덥지가 못했다. 샤오자오의 아버지는 길흉사에 참석하거나 절에 가서 향을 올릴 때면 반드시 도수 없는 안경을 썼는데, 그 안경은 노점에서 8마오를 주고 산 것이었다. 큰 가게의 주인과 남자 어른들은 다들 극장이나 시장에서 자기 신분을 드러내기 위해 도수 없는 안경을 썼기 때문에, 작은 가게 주인도 거기에 뒤떨어질 수 없었다. 샤오자오는 아버지가 당장 죽어도 큰 상관은 없었지만, 그래도 아버지가 병에 걸려 죽기를 바라지는 않았다. 만약 아버지가 당장 죽는다면, 그는 자기도 도수 없는 안경을 쓰는 것 외에는 자기가 정식으로 가게 주인이 되었다는 걸 드러낼 방법을 생각해낼 수 없었다. 8마오를 주고 산 안경의 가치는 8마오에 그치지 않았다. 그건 가게를 열어 사업을 일으켜서 주머니 속에 항상 현금 몇 위안을 가지고 다닌다는 걸 상징했다.

그는 왕쓰를 비롯한 인력거꾼들과 곧잘 어울렸다. 가게에서 돈을 몇 마오쯤 가져오면 그는 항상 인력거꾼들과 함께 야바위 놀음을 하거나, 가끔은 기생집에 가기도 했다. 인력거꾼들은 다들 그를 '샤오자오'라고 불렀고, 도박을 하다가 마음이 급해져서 얼굴이 벌게졌을 때만 그를 '작은 사장'이라고 불렀다. 이렇게 다툴 때는 샤오자오도 자기의 신분을 자각하곤 했다. 평소에 그는 별로 화를 내지 않았고, 인력거꾼들에게도 아주 '친근하게' 대했다.

"야바위 할까? 내가 선 해서." 샤오자오는 인력거꾼들에게 손에 든 빨갛고 더러운 지폐를 보여주고, 담배 한 개비를 꺼내 피웠다.

왕쓰는 귀 뒤에 끼워 뒀던 반 개비짜리 담배를 꺼내서 샤오자오의 담배에 대고 불을 붙였다.

다들 인력거 뒤쪽에 쪼그리고 앉았다.

얼마 지나지 않아 왕쓰의 얼마 안 되는 동전들은 전부 다른 주인을 찾아갔다. 그의 머리에 있는 힘줄들이 전부 결과에 승복하지 않고 부풀어 올랐다. 다시 노름을 해서 한몫 잡고 싶었다-"아, 빨간 눈, 나 동전 몇 개만 빌려줘!"

빨간 눈은 가지고 있던 동전을 댔다. 다섯 판을 하고 나니 손은 이미 텅 비었고, 자연히 뭐라고 더 할 말도 없어져서, 빨간 눈에게서 돈을 짜내서 주사위가 돌기만 기다렸다.

왕쓰는 뾰족한 수가 떠오르지 않았다. 욱해서 일어선 그는 주위를 둘러보며 순경이 이리로 오지는 않는지 살펴보았다. 그는 노름에서 지긴 했지만, 순경이 사람들을 붙잡으면 자신도 도망치지 못할 것이다.

샤오자오가 이겼다. 그는 사람들에게 더 할지 말지 물었다. 다들 노름을 더 하고 싶었지만, 그러려면 샤오자오가 그들에게 본전을 빌려줘야 했다. 샤오자오는 흙투성이가 된 손으로 동전과 지폐를 한꺼번에 허리춤에 집어넣었다. "쓸데없는 소리 말고, 하려면 돈 가져와."

다들 그를 '작은 사장'이라고 불러야 할 때가 왔다. 군고구마를 파는 리류李六가 온 것이다. "다들 하나씩 먹어. 자오 사장이 산다!" 샤오자오가 친구들에게 한턱 내기로 했다. "꽤 괜찮네, 샤오자오!" 다들 군고구마가 담긴 바구니를 둘러쌌다. 왕쓰도 하나 집어 후후 불며 먹었다.

군고구마를 다 먹은 왕쓰는 문득 생각이 났다. "샤오자오, 이거 줄게." 그는 인력거 안에서 안경을 찾아 꺼냈다. "안경집은 낡았지만, 안에 든 물건은 좋다고."

샤오자오는 안경을 보자마자 마음속의 '사장님'이 커졌다. 그는 아직 다 못 먹은 군고구마를 땅에 던져서 들개한테 한턱 냈다. 정말로 보기 좋은 안경이었다. 아버지 것보다도 더 나았다. 그는 안경을 써 봤지만, 쓰고 있기 힘들었다. "이건 근시 안경이잖아. 쓰니까 어지러운데!"

"익숙해지면 괜찮을 거야." 왕쓰가 웃으며 말했다.

"익숙해진다고? 이걸 쓰려고 근시안이 돼야 한다는 거야?" 샤오자오는 그러기엔 손해라는 생각이 들었지만, 안경이 아주 마음에 들었다. 그는 시험 삼아 몇 걸음 걷다가 안경을 벗고 친구들을 보았다. 다들 안경을 쓴 게 확실히 보기 좋다고 생각했다. 왕쓰가 나서서 말했다.

"아주 멋있네!"

"그런데 어지럽다니까!" 그래도 샤오자오는 안경을 포기하려 하지 않았다.

"익숙해지면 괜찮을 거야!" 왕쓰는 그나마 이 말이 그럴싸하다고 생각했다.

샤오자오는 다시 안경을 쓰고 하늘을 보았다. "안 되겠어, 아무래도 어지러워!"

"자네 가져, 가져." 왕쓰는 아주 '친근하게' 굴었다. "자네 주는 거야. 난 가지고 있어 봐야 소용이 없으니까. 그냥 가져. 2년쯤 지나서 자네 눈이 지금보다 나빠진 다음에 쓰면 딱 맞을 걸."

"나 주는 거라고?" 샤오자오는 못을 박았다. "진짜야?

니미! 안경집 바꾸는 데만도 몇 마오는 들겠구만!"

"진짜 주는 거야. 나한테는 소용이 없다니까. 팔아 봐야 8마오쯤이나 받겠지!" 왕쓰는 더욱 '친근하게' 굴었다.

"잠깐만, 좀 세어 보고." 샤오자오는 지폐를 전부 꺼내서 리류에게 군고구마 값을 치렀다. "6마오 남았네. 젠장, 겨우 2마오 땄구만!"

"동전도 있잖아!" 누군가가 그에게 말했다.

"그래 봐야 1마오밖에 안 되겠지." 하지만 샤오자오는 동전을 밖으로 꺼내지 않았고, 사람들도 그의 말을 믿지 않았다. 사실 샤오자오는 딴 돈이 적은 것 때문에 기분이 나쁘지는 않았다. 그는 정말로 기분이 좋았다. 평소에 그는 노름을 할 때마다 매번 졌다. 몇 마오쯤 잃는 건 별일이 아니었지만, 사람들이 다들 그를 '봉'으로 여기는 건 좀 참기가 힘들었다. 오늘은 마침내 명예를 회복한 셈이었다. 동전까지 다 합해 봐야 3마오쯤밖에 안 된다고 해도-어쩌면 3마오가 좀 넘을지도 모른다. 동전이 꽤 무거우니까.

"왕쓰, 나도 자네 물건을 공짜로 받을 순 없지. 봤어? 나한테 6마오가 있어. 자네가 3마오, 내가 3마오 갖지. 어

때, 괜찮아?"

왕쓰는 그가 3마오를 줄 거라고는 생각지 못했다. 그가 이렇게 화통하니 좀 더 짜내도 될 것이다. "동전도 꺼내서 세어 봐. 어쨌든 딴 돈이잖아."

"쳇! 운수 좋은 돈은 허리춤에 잘 가지고 있어야지. 내일도 자네들이랑 한판 할 건데!" 샤오자오는 내일 다시 오면 반드시 또 이길 거라고 생각했다. 요 며칠간 분명히 운이 나쁘지 않았다.

"알았어, 3마오. 3마오에 그렇게 좋은 안경을 산 거야!" 왕쓰는 돈을 받아서 몸에 바로 닿는 주머니에 넣었다.

"나 주는 거라고 하지 않았어? 이놈 보게!"

"됐어, 그만. 친구 사이에 그런 건 신경 쓰지 말자고."

샤오자오는 안경을 안경집에 넣고 자리를 떠났다. "내일 또 하자고!" 몇 걸음 걷다가 다시 안경집을 열었다. 뒤를 돌아보니 인력거꾼들은 그를 보고 있지 않았다. 안경을 다시 쓰자 눈앞이 온통 흐릿해졌다. 하지만 그는 안경을 바로 벗지 않았다-익숙해지면 괜찮을 것이다. 그는 왕쓰의 말이 일리 있다고 생각했다. 안경이 있는데도 안 쓰자니 마음이 불편했다. 게다가 가게 주인들은 다들 반드시 안경을 쓰지 않는가. 안경에, 손목시계에, 앞니에 금까지 씌운다면, 난강쯔南崗子의 샤오펑小鳳이 그와 사귀지 않으면 그게 더 이상한 일일 것이다!

길모퉁이를 돌자마자 갑자기 경적 소리가 들렸다. 샤오자오는 잘 보이지 않아 어느 쪽으로 피해야 할지 알 수가 없었다. 그는 급히 안경을 벗었다…….

요 며칠 동안 학교 근처에서는 벽바닥을 따라다니는 근시 학생이 보이지 않았고, 샤오자오도, 왕쓰도 보이지 않았다. "왕쓰는 요즘 만날 성 남쪽에 차를 대더라고." 리류가 사람들에게 알려주었다.

(1934년 1월 「청년계青年界」 제5권 제1호에 발표)

이웃

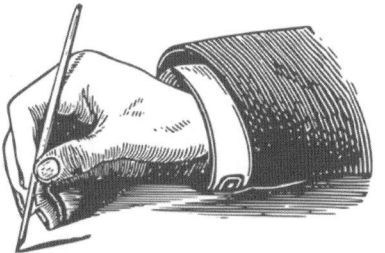

이웃

밍明 부인은 의심이 아주 많았다. 그녀는 밍 선생에게 이미 아들딸을 낳아 길러 줬고, 마흔이 다 된 나이에도 파마머리를 하고 있었지만, 그래도 아무튼 종일 걱정이 많았다. 그녀는 자기가 글을 모른다는 것이 아주 큰 결점이라는 걸 알았다. 이 결점을 보완하기 위해 그녀는 애간장을 태웠다. 밍 부인은 아이들과 남편을 빈틈없이 보살폈다. 그녀는 아이들을 방임하고, 감히 그들에게 벌을 주거나 타이르지 못했다. 그녀는 자기의 지위가 아이들만 못하다는 걸 알고 있었기 때문에, 남편이 보는 앞에서 감히 아이들에게 위세를 부리지 못했다. 그녀가 그들의 어머니인 건 그저 아이들에게 남편이라는 아버지가 있기 때문이다. 그녀는 생각이 많을 수밖에 없었다. 남편이 모든 것이었고, 그녀는 남편의 아이들을 때리거나 혼낼 수 없었다. 그녀는 만약 남편이 화가 나면 가장 견딜 수 없는 방법으로 그녀를 대할 수 있다는 걸 알았다. 밍 선생은 마음대로 새 부인을 얻을 수 있을 것이고, 그녀는 아무런 방법도 없을 것이다.

밍 부인은 매사를 의심했다. 글자가 적힌 모든 것에 대해 그녀는 마음을 놓지 못했다. 글자 속에는 그녀가 정확히 추측할 수 없는 비밀들이 숨겨져 있었다. 그래서 그녀는 글을 아는 부인들과 아가씨들을 미워했다. 하지만 다시 생각해보면, 그녀의 남편과 아이들은 글을 아는 그 부인들보다 못되지 않았다. 그래서 그녀는 자기의 총명함과 운, 그리고 자기의 신분을 인정하지 않을 수 없었다. 그녀는 남이 그녀의 아이들에 대해 안 좋은 말을 하거나 장난이 심하다고 말하는 걸 용납하지 않았다. 아이들이 나쁘다는 말은 엄마가 나쁘다고 간접적으로 말하는 것이기 때문에, 그녀는 그걸 받아들일 수 없었다. 그녀는 모든 것을 남편의 말에 따랐고, 그다음으로는 아이들의 말에 따랐다. 그 외에는 자기가 다른 어떤 사람들보다도 뛰어나다고 여겼다. 이웃과 고용인들에게 그녀는 시시때때로 자신의 존엄을 드러내려 했다. 아이들이 다른 집 아이들과 싸움이 나면 그녀는 목숨을 걸고 전쟁에 뛰어들어 남들에게 자신이 대단한 사람이라는 걸 보여주었다. 그녀는 밍 부인이고, 그녀의 포악함은 남편에게서 반사된 위엄으로, 달처럼 사람들에게 태양의 영광을 떠올리게 하는 것이었다.

고용인들이 자신을 무시하기 때문에 그녀는 고용인들을 미워했다. 그들이 그녀를 늘 밍 부인이라고 부르긴 하지만, 가끔 묘한 기색을 드러내 마음속으로 "그 옷만 벗으면 우린 다 똑같아. 어쩌면 네가 더 멍청할지도 모르지"라고 말하고 있다고 그녀가 느끼게 했다. 그녀가 상세하게 계획을 세울수록 그들은 그런 기색을 더 강하게 드러냈다. 그래서 그녀는 그들을 잡아먹어 버리지 못하는 게 한스러웠다. 그녀는 고용인들을 자주 해고했다. 그렇게 해서 화를 푸는 수밖에 없었다.

밍 선생은 부인에 대해 아주 가부장적으로 굴었지만, 그녀가 아이들을 방임하고 이웃과 말다툼하고 고용인을 해고하는 일들에 대해서는 어느 정도 자유를 주었다. 그는 이런 부분에 대해서는 부인이 밍씨 집안의 위세를 세우는 거라고 생각했다. 그는 성실하면서도 오만한 사람이었다. 마음속으로 그는 정말로 부인을 무시하긴 했지만, 남들이 그녀를 무시하는 건 용납하지 않았다. 어쨌든 그녀는 그의 부인이기 때문이다. 새 부인을 얻을 수는 없었다. 왜냐하면 그는 종교의 독실한 신자이면서 돈이 아주 많은 서양인 밑에서 일하고 있기 때문이다. 이혼이나 재혼은 그의 밥그릇을 충분히 깨 버릴 만한 일이었다. 아쉬운 대로 이 부인과 살아야 하니, 그는 남이 그녀를 무시하는 걸 용납하지 않았다. 자기는 그녀를 때릴 수도 있지만, 남들은 그녀를 한번 흘겨봐서도 안 된다. 부인을 진짜로 사랑할 수는 없으니, 아이들을 끔찍이 아끼지 않을 수 없었다. 그는 모든 면에서 남들보다 뛰어나야 했고, 자기 아이들은 더 말할 필요도 없었다.

밍 선생은 고개를 아주 높이 들고 다녔다. 그는 부인에게 떳떳했고, 아이들을 매우 사랑했고, 돈 잘 버는 직업이 있었고, 나쁜 취미도 전혀 없었다. 그는 자기가 무슨 성인처럼 우러러볼 만한 사람이라고 여겼다. 그는 남에게 아쉬운 소리를 할 일이 없었기 때문에 예의를 차릴 필요도 없었다. 낮에는 나가서 일을 하고, 밤에는 집에 돌아와 아이들과 놀아 주었다. 책은 그에게 뭔가를 줄 수 없기 때문에 그는 결코 책을 읽지 않았다. 그는 이미 모든 것을 알고 있었다. 이웃이 그에게 고개를 끄덕여 인사하려 하면 그는 고개를 돌려 버렸다. 그에게는 국가도, 사회도 없었지만, 이상은 있었다. 돈을 더 많이 저축해서 자기 자신을 작은 산처럼 안정적이고 독립적으로 만드는 것이었다.

하지만 어쨌든 그는 약간의 불만이 있었다. 응당 만족해야 한다고 자신에게 타일렀지만, 생명 속에 자신의 지배와 관리를 받지 않는 뭔가가 있는 것 같았다. 이것들은 다른 것들로 대체될 수가 없었다. 그는 수정 속에 조그만 뭔가가 내포된 것처럼, 자기 몸속에 검은 점이 하나 있는 걸 분명히 보았다. 이 검은 점만 빼면 자신은 온몸이 투명하고 나무랄 데 없다고, 그는 자신하고 또한 자만했다. 그러나 그는 그 점을 없앨 수 없었다. 그것은 그의 마음속에 나 있었다.

그는 부인이 이 검은 점에 대해 알고 있다는 걸 알았다. 밍 부인이 의심이 많은 것도 바로 이 점 때문이었다. 그녀는 온갖 방법을 써서 점을 없애려 했지만, 이 점이 점점 더 커진다는 걸 알았다. 그녀는 남편의 미소와 눈빛 속에서

이 검은 점의 크기를 알아볼 수 있었지만, 감히 그것을 만지지는 못했다. 그것은 태양의 흑점이라, 얼마나 뜨거울지 알 수 없었다. 그 열기는 결국은 다른 사람이 감당해야 했다. 그녀는 두려웠고, 방법을 생각해내야 했다.

 밍 선생네 아이들이 이웃집의 포도를 훔쳤다. 담이 아주 낮아서 아이들은 계속 넘어가서 화초를 훔쳤다. 이웃은 양杨씨 성을 가진 젊은 부부였는데, 그들은 화초를 아주 좋아했지만 지금껏 한 번도 뭐라고 한 적이 없었다. 밍 선생과 밍 부인은 아이들에게 물건을 훔치라고 권하지는 않았지만, 훔쳤다고 해서 아이들에게 잘못을 꾸짖지도 않았다. 게다가 화초는 다른 물건과 달라서 가지 몇 개 꺾었다고 무슨 일이 나지도 않기 때문이다. 그들 부부가 생각하기에, 만약 아이들이 꽃 몇 송이를 훔쳤다고 이웃이 찾아와서 그러지 말라고 한다면 그건 사리를 모르는 일이었다. 양씨 부부가 그들을 찾아오지 않자, 밍 부인은 한술 더 떠서 이건 분명히 양씨네 집에서 밍씨네 집을 무서워해서 감히 찾아오지 못하는 거라고 생각했다. 밍 선생은 양씨네 집에서 자신을 무서워한다는 걸 벌써부터 알고 있었다. 양씨 부부가 두려움을 명확하게 드러낸 건 아니었지만, 밍 선생은 응당 다들 자기를 무서워해야 한다고 생각했다. 그는 언제나 고개를 높이 들고 다니는 사람이었다. 그리고 양씨 부부는 둘 다 교사였는데, 밍 선생은 교사들을 무시했다. 그는 항상 교사는 가난뱅이에 못난 사람들이라고 생각했다. 그가 양 선생을 특히나 더 싫어하는 이유는 양 부인이 아주 예쁘기 때문이었다. 그는 교사를 무시했지만, 여자 교사는-만약 얼굴이 꽤 예쁘다면-좀 더 눈여겨보곤 했다. 가난뱅이 양씨에게 뜻밖에 자기 부인보다 열 배는 넘게 예쁜 부인이 있으니, 그는 양 선생을 미워하지 않을 수 없었다. 그런데 반대로 생각하면, 제법 예쁘게 생긴 여자가 교사와 결혼한 걸 보니 좀 멍청한 건지도 모른다. 그래서 그는 원래 양 부인을 미워할 생각이 없었지만 미워하지 않을 수 없었다. 밍 부인도 남편의 눈길이 자주 낮은 담 쪽을 향한다는 걸 눈치챘다. 그러니 아이들이 양씨 여편네의 꽃과 포도를 훔치는 건 옳은 일이다. 그 여편네에 대한 일종의 벌인 셈이다. 그녀는 벌써부터 이렇게 계산을 마치고, 그 여편네가 감히 한 마디 하기만 하면 사납게 되갚아 줄 준비를 하고 있었다.

　양 선생은 가장 신식의 중국인으로, 어디서든 예의를 차려서 자기가 받은 교육을 드러내려 했다. 밍씨네 집 아이들이 화초를 훔치는 것에 대해 그는 애초부터 뭐라 말할 생각이 없었다. 그는 밍씨 부부가 교육을 받은 사람들이라면 자연히 먼저 사과하러 올 거라고 생각한 듯했다. 남에게 사과를 하라고 강요하는 건 상대방을 너무 난처하게 하는 일이었다. 하지만 밍씨네 집에서는 줄곧 먼저 사과하러 오지 않았다. 그럼에도 양 선생은 화를 낼 생각을 하지 못했다. 밍씨네 집에서는 무례하게 굴 수도 있지만, 양 선생은 자신의 존엄을 지켜야 했다. 그러나 아이들이 포도를 훔쳐가는 지경에 이르자 양 선생은 좀 참을 수가 없어졌다. 포도 몇 개 때문이 아니라 자기가 여태까지 들인 시간과 수고가 아까웠기 때문이다. 심은 지 3년이 되어 이번에 처음으로 열매를 맺었는데, 조그만 송이 서너 개 열린 것을 아이들이 전부 따 가 버린 것이다. 양 부인은 밍 부인에게 가서 얘기를 하기로 결정했다. 하지만 양 선생은, 부인이 꼭 가 보기를 바라면서도 그녀를 말렸다. 예의를 차리는 그의 성격과 교사라는 신분이 노기를 눌렀다. 그러나 양 부인은 그렇게 생각하지 않았다. 이건 당연히 가봐야 하는 일이었다. 그리고 예의바른 태도로 가서 얘기할 것이고, 말싸움이나 드잡이를 할 생각은 없었다. 양 선생은 부인이 자기에 대해 너무 유약하다고 생각할까 봐 걱정되어 그녀를 단호하게 말리지 못했다. 그래서 밍 부인과 양 부인이 대면하게 되었다.

양 부인은 아주 예의 바르게 말했다. "밍 부인이시죠? 저는 성이 양씨입니다."

밍 부인은 양 부인이 왜 왔는지 정확히 알고 있었고, 마음속으로부터 그녀가 싫었다. "아, 전부터 알고 있었어요."

양 부인이 받은 교육 탓에 그녀는 얼굴이 붉어져, 더 이상 뭐라고 말해야 할지 알 수 없어졌다. 하지만 반드시 무슨 말이라도 해야 했다. "별일은 아니고, 애들이요. 별 상관은 없지만, 포도를 좀 가져가서요."

"그래요?" 밍 부인의 어조는 마치 음악 같았다. "애들은 다들 포도를 좋아하죠. 재밌으니까. 난 애들한테 포도를 먹지 말고, 가지고 놀라고 했어요."

"우리 포도는," 양 부인의 얼굴이 점점 하얘졌다. "쉽지 않았어요. 3년이 지나서야 열매가 열렸어요!"

"그래요, 바로 그 집 포도 얘기하는 거예요. 시더라고요. 애들한테 가지고 놀기만 하라고 했어요. 그 집 포도도 별 볼 일 없네요. 그렇게 조금밖에 안 열리다니!"

"애들은," 양 부인은 교육 이론이 생각났다. "다들 장난이 심하죠. 하지만 양 선생이랑 저는 둘 다 화초를 좋아해요."

"밍 선생이랑 저도 화초를 좋아해요."

"그럼, 만약에 부인 댁 화초를 남의 집 애들이 훔쳐가면요?"

"감히 누가 그러겠어요?"

"그쪽 애들이 남의 집 걸 훔치면요?"

"그 집 걸 훔쳤다 그거죠? 그럼 여기 살지 말고 이사를 가는 게 제일 좋겠네요. 우리 애들은 포도를 가지고 놀기를 좋아하니까."

양 부인은 더 이상 아무 말도 하지 못하고 입술을 파르르 떨면서 집으로 돌아갔다. 남편을 본 그녀는 거의 울 뻔했다.

　양 선생은 부인을 한나절 동안이나 달랬다. 밍 부인 말이 틀렸다고 생각했지만, 그는 어떤 행동도 취하려 하지 않았다. 그는 밍 부인이 막돼먹었다고 생각했다. 막돼먹은 사람과 말다툼하는 건 신분에 맞지 않는 일이었다. 하지만 양 부인은 받아들이지 않고, 반드시 자기의 복수를 해 달라고 했다. 그는 한참을 생각하다가, 밍 선생도 이렇게 막돼먹지는 않았을 테니 밍 선생과 교섭하면 되겠다고 생각했다. 하지만 맞대면을 하고 얘기하기는 좀 거북하니 편지를 쓰기로 했다. 그는 아주 정중하게 편지를 써서, 밍 부인과 아내가 만났던 일도, 밍씨네 집 아이들이 장난기가 심하다는 말도 하지 않고, 그저 밍 선생에게 아이들이 다시는 화초를 밟아 망가뜨리지 않게 해 달라고 부탁했다. 그는 이렇게 하는 게 교육을 받은 사람답다고 생각했다. 그는 이웃 간의 정……대단히 감사합니다……매우 기쁘게 생각합니다……등등의 듣기 좋은 말을 생각해 냈고, 밍 선생이 편지를 읽고 감동해서 직접 사과하러 오는 것을 상상했다. 그는 아주 만족스럽게 그다지 짧지 않은 편지를 한 통 써서 식모를 시켜 보냈다.

　이웃의 말을 되받아쳐서 보낸 밍 부인은 아주 의기양양했다. 그녀는 한참 전부터 양 부인 같은 여자에게 본때를 보여주고 싶었는데, 양 부인이 그녀에게 그럴 기회를 준 것이다. 그녀는 양 부인이 집으로 돌아가서 남편에게 어떻게 말했을지, 그런 후에 양씨 부부가 자신들의 잘못을 어떻게 깨달았을지를 상상했다. 아이들이 포도를 훔친 게 잘못한 일이라 해도, 그 애들이 어느 집 애들인지를 봐야 하는 것 아닌가. 밍씨네 집 애들이 포도를 훔친 건 원망하면 안 되는 일이다. 이렇게 해서 양씨 부부는 밍씨네 집을 완전히 무서워하게 되었을 테니, 밍 부인은 기쁘지 않을 수 없었다.

　양씨네 집 식모가 편지를 전해 왔다. 밍 부인은 의심이 많았다. 이게 양씨 여편네가 밍 선생에게 그녀를 '쫓아내' 버리라고 보낸 편지인 건 말할 필요도 없었다. 그녀는 양씨 여편네가 미웠고, 글이 미웠고, 글을 쓸 줄 아는 양씨 여편네는 더 미웠다. 그녀는 그 편지를 받지 않기로 결정했다.

　양씨네 집 식모가 편지를 가지고 갔지만 밍 부인은 여전히 안심할 수 없었다. 남편이 돌아온 후에 그들이 다시 그 편지를 보내오면 어떻게 할 것인가! 남편이 아이들을 사랑하는 건 잘 알지만, 그 편지는 양씨 여편네가 보낸 것이다. 남편은 어쩌면 양씨 여편네의 체면을 보아 자신과 싸울지도 모르고, 심지어 남편에게 얻어맞을 수도 있다. 만약 남편이 자신을 때려서 그 소리를 양씨 여편네가 듣게 된다면, 그건 정말 견딜 수 없었다! 다른 일 때문에 맞는 건 그래도 괜찮지만, 양씨 여편네 때문에라니……. 그녀는 준비를 해 둬야 했다. 남편이 오면 우선 사전작업을 해서, 양씨네 집에서 그 신 포도 몇 송이 때문에 큰 난리를 피웠고, 그에게 편지를 써서 사과하라고 요구했다고 말하기로 했다. 남편이 이 말을 들으면 분명히 양씨 여편네의 편지를 받지 않을 것이고, 그러면 승리는 완전히 그녀의 것이 될 터였다.

그녀는 밍 선생을 기다리면서 해야 할 얘기를 지어냈고, 남편이 평소에 즐겨 쓰는 말들을 이야기 속에 전부 집어넣었다. 밍 선생이 돌아왔다. 밍 부인의 말은 자녀를 사랑하는 그의 열정을 거세게 움직였다. 양 부인이 아이들이 잘못했다는 말만 하지 않았더라면 그는 양 부인을 용서할 수 있었다. 그녀가 그의 아이들을 무시하는 이상 용서할 수도 없었고, 그의 혐오감까지 건드렸다. 그런 가난뱅이 교사한테 시집간 걸 보니 그 여자도 분명히 제대로 된 여자가 아닐 것이다. 밍 부인이 양씨네 집에서 편지를 보내 사과를 요구했다는 얘기까지 하자 그는 마음속으로 더 큰 혐오감을 느꼈다. 그는 이렇게 일없이 붓을 놀리는 가난뱅이들을 싫어했다. 서양인 밑에서 일을 하고 있어서 그는 서명과 타자기로 친 계약서가 쓸모가 있다는 건 알고 있었지만, 가난한 교사들이 쓰는 편지는 무슨 소용이 있는지 알 수 없었다. 그래, 양씨네 집에서 다시 편지를 보내도 그는 받지 않을 것이다. 그의 마음속의 그 검은 점이 양 부인이 쓴 글씨를 보고 싶은 마음이 생기게 했다. 글은 싫지만, 누가 쓴 글인지가 중요했다. 밍 부인은 벌써부터 이 부분까지 방비를 해 두었다. 그녀는 그 편지가 양 선생이 쓴 거라고 말했다. 밍 선생은 양 선생이 쓴 형편없는 편지를 볼 시간은 없었다. 그는 중국의 높은 관리가 쓴 편지도 서양인의 서명만큼 쓸모 있지 않을 거라고 믿었다.

밍 부인은 아이들에게 대문가에 가서 기다리다가 양씨네 집에서 편지를 보내오면 받지 말라고 했다. 그녀 본인도 쉬지 않고, 수시로 양씨네 집 쪽을 바라보았다. 자신의 성공에 의기양양해진 그녀는 아무 말이나 지껄였고, 심지어 남편에게 양씨네가 사는 집을 사들이자고 건의하기까지 했다. 밍 선생은 수중에 집을 살 만한 돈이 없다는 걸 알고 있었지만 그래도 그 말에 동의했다. 이 의견이 흥미롭고 만족스러웠기 때문이다. 그 집이 양씨네 것이든 아니면 세 들어 사는 것이든, 밍씨네 집에서 사려고 하면 팔아야 할 테니 문제가 없었다. 밍 선생은 아이들이 "우리 다음에 저거 사요"라고 말하는 걸 듣기를 좋아했다. "사는" 것은 가장 큰 승리였다. 그는 집을 사고, 땅을 사고, 자동차를 사고, 금과 물건을 사고 싶었……뭔가를 살 생각을 할 때마다 그는 자기가 위대하다고 느꼈다.

양 선생은 밍씨네 집에서 그의 편지를 받지 않는 게 고의로 그를 모욕하는 거라고 생각했지만, 그럼에도 그 편지를 다시 보내자고 주장하지 않았다. 그는 심지어 밍 선생과 길거리에서 아이들처럼 싸울 생각까지도 했다. 하지만 상상만 할 수밖에 없었다. 그의 신분이 그가 막돼먹은 행동을 하는 걸 허락하지 않았기 때문이다. 그는 그저 부인에게 밍씨네 집 사람들은 다들 나쁜 놈들이니, 나쁜 놈들과 싸우지 말자고 말할 수밖에 없었다. 이 말은 그에게 조금 위안이 되었다. 양 부인은 화를 내지는 않았지만, 좋은 방법이 생각나지도 않았다. 그녀는 교양인으로 사는 게 손해 보는 일이라는 생각이 들기 시작했다. 그리고 남편에게 여러 가지 비관적인 얘기를 했다. 이 얘기들은 그의 화를 꽤 많이 가라앉혔다.

부부가 이렇게 종알거리며 화를 내고 있을 때, 식모가 편지 한 통을 가지고 들어왔다. 양 선생이 받아서 보니 번지수는 맞지만 밍 선생에게 가는 편지였다. 그는 순간 이 편지를 빼돌릴까 하는 생각이 들었지만, 곧바로 그건 좋은 사람이 할 일이 아니라고 생각했다. 그는 식모에게 편지를 이웃집에 갖다 주라고 했다.

밍 부인은 벌써부터 거기 매복하고 있었다. 식모가 다가오는 걸 본 그녀는 아이들이 미덥지 못할까 봐 자기가 직접 나섰다. "가져가요, 우린 이거 안 볼 거예요!"

"밍 선생님한테 드리는 거예요!" 식모가 말했다.

"그래요, 우리 선생님은 그쪽 편지를 읽을 시간이 없다고요!" 밍 부인은 아주 단호했다.

"잘못 온 편지예요. 우리 게 아니라고요!" 식모는 편지를 건넸다.

"잘못 온 편지?" 밍 부인은 눈을 치켜뜨더니 곧바로 방법을 생각해 냈다. "그쪽 선생님이 받으라고 해요. 내가 못 알아볼 줄 알아요? 날 속일 생각 말라고요!" 쾅 소리와 함께 문이 닫혔다.

식모가 편지를 가지고 돌아오자 양 선생이 오히려 난처해졌다. 그는 다시 직접 편지를 전해주러 가고 싶지 않았고, 편지를 열어서 볼 마음도 없었다. 그러면서 그는 밍 선생도 나쁜 놈이라는 생각이 들었다. 그는 밍 선생이 이미 집에 돌아왔지만, 밍 부인과 같은 편이 되었다는 걸 알았다. 이 편지를 어떻게 처리해야 할까? 남의 편지를 숨겨 두는 건 떳떳하지 못한 일이다. 이리저리 생각한 끝에, 그는 이 편지를 새 봉투에 넣어서 번지수를 고쳐 쓴 다음 내일 아침에 우체통에 넣기로 했다. 우표 값 2편을 자기가 내야 하지만, 그래도 웃음이 나왔다.

다음날 아침, 부부는 출근하느라 바빠서 그 편지를 잊어버렸다. 양 선생은 학교에 도착한 후에야 그 편지 생각이 났지만, 편지를 가지러 다시 집으로 갈 수는 없었다. 다행히도 그냥 일반 우편으로 보낸 편지 한 통이잖아. 별로 중요한 일은 아닐 테니, 하루 늦게 보낸다고 큰 상관은 없겠지. 그는 그렇게 생각했다.

퇴근하고 돌아오니 다시 나가기가 귀찮았다. 그 편지는 다음날 아침에 반드시 보내기 위해 책과 함께 놓아두었다. 이렇게 준비해 두고 막 밥을 먹으려는데, 밍씨네 집에서 시끌시끌한 소리가 들려왔다. 밍 선생은 오만한 사람이라 큰소리를 내며 부인을 때리려 하지 않았지만, 얻어맞는 밍 부인은 그렇게 체면을 차리지 않았다. 그녀가 계속 울며 소리를 지르자 아이들도 놀고만 있지 않았다. 양 선생은 소리를 들어 보려 했지만 어떻게 된 일인지 알 수가 없었다. 하지만 그는 갑자기 그 편지가 생각났다. 어쩌면 중요한 편지일지도 모른다. 그 편지를 받지 못해 밍 선생이 일을 그르쳐서 집에 돌아와서 부인을 때리는 것인지도 모른다. 이렇게 생각하니 그는 아주 불안해졌다. 그는 편지를 열어 보고 싶었지만 그럴 용기가 나지 않았고, 안 보자니 또 마음이 아주 답답했다. 그는 저녁도 제대로 먹지 못했다.

저녁식사 후에 양씨네 집 식모는 밍씨네 집 식모를 우연히 마주쳤다. 주인끼리 원수를 진 것이 고용인들의 왕래에 영향을 끼치지는 않았다. 밍씨네 식모가 이야기를 흘렸는데, 밍 선생이 부인을 때린 건 중요한 편지 한 통 때문이었다는 것이다. 양씨네 식모가 집으로 돌아와 이 일을 보고하자 양 선생은 잠조차 제대로 자지 못했다. 그는 그 편지라는 것이 분명히 자기가 가지고 있는 그 편지일 거라고 생각했다. 하지만 중요한 편지라면 어째서 등기로 보내지 않고, 번지수도 틀리게 대충 썼단 말인가? 그는 한참이나 생각해 보고, 결국 상인들이 문자에 관한 일에 부주의해서 그런 거라고 생각했다. 아마도 그래서 번지수를 잘못 썼을 것이다. 게다가 밍 선생은 평소에 편지를 받는 일도 거의 없으니, 집배원은 받는 사람 이름에 주의를 기울이지 않고 그냥 번지수만 보고 배달했을 것이다. 어쩌면 밍씨네 집이 있다는 것 자체를 잊어버렸을지도 모른다. 이렇게 생각하니 자기가 우월하다는 기분이 들었다. 밍 선생은 그저 돈 좀 버는 나쁜 놈일 뿐이다. 밍 선생이 나쁜 놈인 이상, 양 선생은 충분히 그 편지를 열어 볼 수 있었다. 남의 편지를 몰래 보는 건 잘못이지만, 밍 선생이 그런 이치를 이해하기나 할 것인가? 하지만 만약 밍 선생이 편지를 찾으러 온다면? 그래서는 안 된다. 그는 편지를 몇 번이나 집어들었지만 결국 감히 뜯어 보지 못했다. 동시에, 그는 밍 선생에게 다시 편지를 보내 주고 싶지도 않았다. 이게 중요한 편지라면 자기가 가지고 있으면 쓸모가 있을 것이다. 이건 떳떳하지 못한 일이지만, 그러게 누가 밍 선생더러 그렇게 나쁜 놈처럼 굴라고 했는가? 누가 일부러 양씨네 집과 싸우라고 했는가? 나쁜 놈은 응당 벌을 받아야 한다. 그는 그 포도가 생각났다. 양 선생은 생각에 생각을 거듭하다가, 다음날 아침에 잘못 온 그 편지를 보내기로 생각을 바꿨다. 그리고 자기가 쓴, 밍씨네 집에 아이들을 단속하라고 권고하는 그 편지도 같이 보내서, 밍씨네 집 나쁜 놈들에게 지식인이 얼마나 예의바르고 친절한지 좀 보여주기로 했다. 그는 밍 선생이 잘못을 뉘우치기를 바라지 않았다. 그저 교사는 군자라는 걸 밍 선생이 알기만 하면 된다.

 밍 선생은 부인에게 그 편지를 찾아 오라고 명령했다. 그는 편지의 내용을 이미 알고 있었다. 편지를 쓴 사람을 이미 만났기 때문이다. 일은 벌써 준비가 되어 있었지만, 그 편지가 양씨 놈의 손에 있어서는 안 된다. 이 일은 그러니까, 그가 어떤 친구와 함께 서양인의 후광에 기대어 몰래 화물을 수송했는데, 그 일을 그 독실한 신자이면서 돈이 아주 많은 서양인이 알게 된 것이었다. 그 편지는 친구가 보낸 것으로, 서양인을 화나게 하지 말라고 경고하는 내용이었다. 밍 선생은 양씨네 집에서 그 편지를 공개하는 걸 겁내지 않았다. 그의 마음속에는 중국 정부가 없었고, 중국의 법률도 무시했다. 화물을 몰래 수송한 일을 중국인이 알게 된다 하더라도 큰 상관이 없었다. 그는 양씨네 집에서 그 편지를 서양인에게 보내서 그가 몰래 화물을 운송한 걸 증명할까 봐 겁이 났다. 그는 양 선생이 분명히 이렇게 못된 짓을 하는 사람이리라고 여겨서, 분명히 그의 편지를 몰래 읽어 보고 그의 일을 망칠 거라고 생각했다.

자기가 직접 찾으러 갈 수는 없었다. 만약 양씨 놈을 만나게 된다면 분명히 싸우게 될 것이다. 그는 마음속으로부터 양 선생 같은 사람을 싫어했고, 항상 양씨 놈은 한 대 맞아야 한다고 생각했다. 그가 부인에게 찾아오라고 시킨 건 부인이 그 편지를 받지 않아서 이런 일이 났기 때문에 그녀를 벌주려는 것이었다.

밍 부인은 가려 하지 않았다. 이건 견딜 수 없는 일이었다. 차라리 남편한테 한 번 더 맞을지언정 양씨네 집에 가서 체면을 잃고 싶지는 않았다. 그녀는 남편이 출근할 때까지 시간을 끌고, 또 양씨 부부도 출근한 것까지 몰래 확인한 후에야 식모를 양씨네 집 식모에게 보내 얘기를 하게 했다.

양 선생은 의기양양하게 편지 두 통을 같이 보냈다. 그는 밍 선생이 그 정중한 편지를 읽으면 분명히 자기 잘못을 뉘우치고, 양 선생의 인격과 글솜씨에 감탄할 거라고 상상했다.

밍 선생은 서양인에게 불려 가서 심문을 받았다. 다행히 그는 이미 번지수를 잘못 쓴 그 친구를 만나서 마음속에 계획이 있었기 때문에 서양인의 질문에 내막을 다 드러내지 않았다. 하지만 그는 여전히 그 편지 때문에 불안했다. 제일 견딜 수 없는 건 그 편지가 하필이면 가난뱅이 양씨 손에 들어간 것이었다! 그는 방법을 생각해내서 양씨 놈에게 벌을 줘야 했다.

집에 돌아온 밍 선생은 첫마디에 부인에게 그 편지를 찾아왔는지 물었다. 의심이 많은 밍 부인은 남편에게 양씨네 집에서 그 편지를 주지 않았다고 말했다. 그녀는 이렇게 해서 잘못을 자기 어깨에서 전부 털어냈다. 밍 선생은 불같이 화가 났다. 가난뱅이 교사가 감히 밍 선생에게 싸움을 걸다니, 흥! 그는 아이들에게 명령을 내려, 담을 넘어가서 양씨네 집의 화초를 전부 밟아서 못쓰게 만들라고 했다. 우선 그러고 나서 다음 일을 생각하기로 했다. 아이들은 신이 나서, 밟을 수 있는 화초는 조금도 남겨 두지 않고 짓밟아 버렸다.

아이들이 원정에서 돌아온 후, 집배원이 오후 4시 좀 넘어서 편지를 배달해 왔다. 편지 두 통을 다 읽은 밍 선생은 마음속이 괴로운 건지 통쾌한 건지 알 수가 없었다. 번지수를 잘못 쓴 그 편지를 보니 통쾌했다. 양 선생이 확실히 편지를 열어 보지 않았다는 걸 알게 되었기 때문이다. 하지만 양 선생이 쓴 그 편지를 보니 그는 견딜 수 없었고, 그 가난뱅이가 더 싫어졌다. 그는 가난뱅이만이 그런 식으로 혐오스럽게 예의를 차린다고 생각했다. 이렇게 싫은 기분 때문에라도 그 집의 화초를 다 밟아 버려도 싼 일이었다.

집에 돌아오는 길에 양 선생은 속이 시원했다. 그 편지를 원래 주인에게 보냈고, 이웃에게 정중하게 권고까지 했으니, 밍 선생은 분명히 감동했을 것이다.

하지만 집 안으로 들어서자마자 멍해졌다. 뜰 안의 화초가 갑자기 다 망가져 쓰레기통이 되어 있었고, 온 뜰에 쓰레기가 가득했다. 그는 누가 이런 건지 짐작이 갔다. 하지만 어떻게 할 것인가? 그는 정신을 차리고 냉정하게 방법을 생각하려 했다. 교육을 받은 사람은 충동적으로 행동해서는 안 되는 법이다. 하지만 그는 냉정할 수가 없었다. 그에게 아주 조금 남은 야만적인 피가 끓어올라 그는 생각을 할 수가 없었다. 외투를 벗어던진 그는 크지도 작지도 않은 벽돌 두세 개를 집어 들어 담 너머 밍씨네 집 유리창을 향해 던졌다. 쨍그랑 하는 소리에 그는 자기가 사고를 쳐버렸다는 걸 느꼈지만, 그래도 마음속은 시원했다. 그는 유리가 깨지는 소리를 들으며 계속 벽돌을 던졌다. 통쾌했다. 그는 아무것도 계산하지 않고, 그저 이렇게 하는 게 통쾌하고, 편안하고, 영광스럽다고 느꼈다. 그는 갑자기 교양인에서 야만인으로 변한 것처럼 자신의 힘과 담력을 느꼈다. 발가벗고 목욕을 할 때처럼 편안했고, 아무런 구속도 없이 삶의 새로운 맛을 음미했다. 그는 젊음과 열정, 자유, 용기를 느꼈다.

유리창을 대충 다 부순 다음 그는 집 안으로 들어가 쉬었다. 그는 밍 선생이 싸우려고 자기를 찾아오기를 기다렸다. 겁나지 않았다. 그는 전투에서 이긴 병사처럼 미친 듯이 담배를 피웠다. 한참을 기다렸지만, 밍 선생 쪽에서는 아무런 움직임도 없었다.

밍 선생은 가고 싶지 않았다. 양 선생이 그렇게 싫지는 않다고 느꼈기 때문이다. 깨진 유리창을 보니 기분이 좋지는 않았지만, 그렇다고 심하게 불편한 건 아니었다. 그는 아이들에게 다시는 화초를 훔치러 갈 필요가 없다고 타일

러야겠다는 생각이 들기 시작했다. 전에는 아무리 해도 이런 생각이 들지 않았지만, 그 깨진 유리창 때문에 이런 생각이 들었다. 여기까지 생각이 미치자 그는 양 부인 생각도 났다. 양 부인을 떠올리니 그는 양 선생을 미워하지 않을 수 없었다. 하지만 지금 느끼기에, 미워하는 것과 싫어하는 것은 꽤나 다른 일이었다. '미워한다'는 말속에는 아주 조금의 감탄의 기미가 들어 있었다.

다음날은 일요일이었다. 양 선생은 뜰에서 화초를 정리했고, 밍 선생은 집안에서 유리창을 고쳤다. 세상은 아주 평안하고, 인류는 서로를 이해하게 된 듯했다.

(1935년 4월 10일 「수성水星」 제2권 제1호에 발표)

해설

옮긴이의 말

해설

1. 라오서의 일생

  라오서의 본명은 수칭춘舒慶春, 자는 서위舍予로 만주족 정홍기正紅旗 출신이다. 그는 1899년 2월 3일에 베이징 후궈사護國寺 근처의 샤오양쥐안小羊圈 후퉁에 위치한 빈한한 만주족 가정에서 태어났다. 팔기군八旗軍으로서 청나라의 황성을 지키는 일을 하던 라오서의 부친은 1900년, 라오서가 1살이 되던 해에 8개국 연합군이 베이징을 공격했을 때 전투에서 총상을 입어 사망했다. 그 후로 라오서의 가족은 더욱 가난한 생활을 하게 되었다.

  어려운 생활 속에서도 친척의 도움을 받아 학교에 진학한 라오서는 1913년에 베이징사범학교에 입학, 1918년에 졸업한 후 소학교 교장, 중학교 교사 등으로 근무하였다. 1922년에 난카이중학南開中學의 국문교원 일을 하게 되었고, 같은 해에 첫 단편소설 「샤오링얼小鈴兒」을 발표하였다. 라오서가 본격적으로 소설을 창작하게 된 것은 1924년에 영국으로 유학을 간 후부터이다. 런던대학교 동방학원 중국어 강사로 일하면서 영국문학, 특히 디킨스의 영향을 크게 받은 그는 「라오장의 철학老張的哲學」, 「조자왈趙子曰」, 「마씨 부자二馬」 등 시민 생활을 묘사한 세 편의 장편소설을 발표하였다.

유학을 마치고 1930년에 귀국한 라오서는 지난치루대학濟南齊魯大學 문학원 부교수를 맡아 근무하면서 라오서老舍라는 필명으로 활발한 작품 활동을 전개하였다. 1937년에 중일전쟁이 발발하자, 당시 지난에 있던 라오서는 가족들을 떠나 우한으로 가서 중일전쟁에 참여하기로 결정하였다. 1938년 3월, 항일 문학단체인 '중화전국문예계항적협회'가 성립되자 라오서는 비서장을 맡아 중일전쟁 문예 활동을 적극적으로 이끌어 나가며 항일을 소재로 한 20여 편의 작품을 창작하였다. 라오서의 깊은 애국심과 그것을 실천하는 모습은 중일전쟁 시기의 수많은 문예가와 일반 국민들에게 귀감이 되었다.

1946년 3월, 라오서는 극작가 차오위曹禺와 함께 미국

국무원의 초청을 받아 미국으로 가서 1년간 강의를 하였으며, 기한이 끝난 후에도 미국에 남아 장편소설「고서예인鼓書藝人」등의 작품을 창작하였다. 1949년에 중화인민공화국이 성립된 후, 그해 말에 베이징으로 돌아온 라오서는 베이징의 하층민들의 생활을 그린 작품을 다수 창작해, 1951년에 베이징시 인민정부로부터 '인민예술가人民藝術家' 칭호를 수여받기도 했다. 그 후 1966년까지 정무원 문교위원회 위원, 베이징시 인민정부 위원, 정협전국위원회 상무위원 등 다양한 직책을 맡았으며, 중국희극가협회 이사, 중국곡예가협회 이사, 베이징시 문학예술계연합회 주석 등을 맡아 활발한 작품활동을 펼쳤다.

그러나 1966년에 문화대혁명이 시작된 후, 8월 23일에 라오서는 베이징시 문련 동료들과 함께 홍위병들에 의해 문묘(文廟, 공자 사당)로 끌려가 구타와 모욕을 당했고, 베이징시 문련으로 돌아간 후에도 24일 새벽이 될 때까지 심하게 구타당했다. 24일 아침에 실종된 그는 25일에 베이징 사범대학 근처에 있는 연못인 타이핑호太平湖에서 시신으로 발견되었다. 라오서의 큰아들 수이舒乙는 자신의 저서

「라오서」에서 "타이핑호 공원의 경비원은 '이 노인은 8월 24일 하루 종일, 아침부터 밤까지 거의 움직이지도 않고 앉아 있었습니다. 아마도 비극은 한밤중에 발생한 것 같습니다'라고 말했다"고 기록했다.

2. 라오서의 문학

영국 유학 시절에 본격적으로 작품 창작을 시작한 라오서는 1930년대에 여러 대표작을 발표하였다. 「고양이 나라 이야기貓城記」, 「이혼離婚」, 「나의 일생我這一輩子」과 더불어 그의 최고 대표작 「낙타샹즈駱駝祥子」도 중일전쟁이 일어나기 전인 1930년대 중반까지 발표되어, 그는 여러 장편소설로 명성을 얻게 되었다.

1937년에 중일전쟁이 발발한 후로 라오서는 그에게 있어 완전히 새로운 분야인 희곡 창작에 뛰어들었다. 그는 문학작품을 읽는 데 익숙하지 않은 대중에게 연극의 형식을 통해 애국의식과 항일의식을 고취시키기 위해 중일전쟁 기간 동안 「국가지상國家至上」, 「장쯔중張自忠」, 「누가 충칭에 먼저 도착했는가誰先到了重慶」 등 무려 아홉 편의 극본을 단독 혹은 공동으로 창작하였다. 전쟁이 끝나고 중화인민공화국이 성립된 이후로도 그는 희곡 창작을 계속해 「용수구龍須溝」, 「찻집茶館」, 「팡전주方珍珠」 등의 대표작을 발표하였다. 그 중에서도 「찻집」은 라오서의 모든 희곡 작품들 가운데 최고 대표작으로, 현재까지도 지속적으로 공연되며 많은 사랑을 받고 있다.

중일전쟁 시기에 라오서는 단편소설과 희곡뿐만 아니라 대하소설 「사세동당四世同堂」의 창작도 시작하였다. 1943년 말에 베이핑(北平, 중화민국 당시 베이징을 부르던 이름)에서 생활하고 있던 부인 후제칭이 라오서가 있는 충칭의 베이베이北碚로 와서 일본군에 점령당한 베이핑의 상황을 이야기해 주었고, 라오서는 그 이야기를 듣고 「사세동당」을 구상해 1944년 초부터 창작을 시작하였다. 3부작으로 총 80만 자에 이르는 장편소설인 「사세동당」은 제1부가 1944년, 제2부가 1945년에 완성되었고, 마지막 제3부는 전쟁이 끝나고 중화인민공화국이 성립된 후인 1950년에 발표되었다. 전쟁을 다룬 작품이지만 거대한 전투 장면이 아니라 적군에게 점령된 도시 안에서 살아가는 평범한 사람들의 모습을 그려낸 「사세동당」은 두 차례나 장편 드라마로 만들어지고, 연극으로도 개작되어 큰 사랑을 받았다.

상술한 작품들 외에도 라오서는 장편소설 「고서예인」과 미완성 유작 「정홍기 아래正紅旗下」 및 중편소설 「초승달月牙兒」, 단편소설 「류씨네 대잡원柳家大院」, 「단혼창斷魂槍」 등 많은 작품들을 창작하였다.

3. 라오서의 단편소설

라오서는 장편소설로 유명한 작가지만 걸출한 단편소설도 여러 편 창작하였다. 라오서의 단편소설은 「간집趕集」(1934), 「앵화집櫻海集」(1935), 「합조집蛤藻集」(1936), 「화차집火車集」(1939), 「빈혈집貧血集」(1944) 등 다섯 권의 소설집으로 묶여 출간되었는데, 중일전쟁 발발 이후에 출간된 「화차집」의 후반 작품들과 「빈혈집」의 대부분의 작품들은 대체로 항일을 소재로 한 단편들이다.

본 단편집에는 라오서의 초·중기 작품의 특징이 잘 드러난 「간집」과 「앵화집」에서 선정한 작품을 번역해 수록하였다. 여기에 수록한 네 편의 작품에는 라오서 특유의 풍자적이고 유머러스한 작풍이 잘 표현되어 있다. 비리와 부조리, 그리고 인간의 교활하거나 악한 본성을 소재로 삼았다는 점에서 블랙유머라고도 볼 수 있다. 만주족으로서 베이징에서 태어나 자란 라오서는 베이징의 평범한 시민들과 특히 하층민들의 생활에 주목하여 그들의 삶을 생생하게 그려낸 것으로 높은 평가를 받아 왔다. 그는 작품에서 베이징 사람들이 가진 단점들, 예를 들면 지나치게 예의와 체면을 차리고 허례허식을 중시한다든가 하는 점들과 함께 중국인의 국민성 가운데 부정적인 부분에 대해서도 풍자와 비판을 진행하였다. 국민성에 대한 이러한 비판은 5·4 신문화운동 이래 수많은 현대 중국 작가들이 주목했던 부분으로, 동시기에 창작활동을 한 라오서 역시 예외가 아니었다.

「신장개업」에서 라오서는 등장인물들이 가진 배금주의 사상을 비판하고 있다. 의술에 대해 잘 알지도 못하는 몇 사람이 단지 돈을 벌기 위해 병원을 차려서 실제보다 부풀려 광고를 하고, 찾아온 환자들에게는 사기를 쳐서 돈을 받아내며 제대로 된 치료를 해주지 않는다. 그나마 그중에서 실제로 수술을 잘하는 의사도 수술의 과정 하나하나에 값을 매겨 환자에게서 돈을 뜯어낸다. 이들이 '병원을 위해' 생각해 내는 방법은 전부 옳지 못한 방법으로 돈을 어떻게든 더 벌려는 것이고, 환자의 회복과 안위와는 전혀 상관이 없다. 오히려 환자에게 해가 될 수도 있는 방법들이다. 이들은 주사기에 주사약이 아니라 찻물을 넣어 주사를 놓고, 위장병에 걸린 환자를 치료할 생각도 없이 오랫동안 입원시켜 입원비를 받을 생각만 하면서도 전혀 죄책감을 느끼지 않는다. 이들에게는 돈이 절대적인 가치이고, 돈을 조금이라도 더 벌기 위해서라면 그 어떤 수단과 방법도 정당한 것이 되기 때문이다.

「류씨네 대잡원」에는 위세를 부리며 며느리를 공연히 못살게 구는 시아버지와 올케를 무식하다고 무시하고 괴롭히는 시누이가 등장한다. '교양인'을 자처하는 시아버지 라오왕은 어떻게든 며느리에게 명령을 하고 못살게 굴어야 시아버지로서 자신의 위신이 선다고 생각한다. 시누이 얼뉴는 자신은 서양인이 운영하는 학교에 다니며 공부를 하는 여학생이지만 올케는 돈 백 위안을 주고 사 온 여자라고 생각해 올케를 철저히 무시하며 괴롭힌다. 그러나 그 올케가 괴로움에 시달리다 못해 스스로 목숨을 끊었고, 올케의 장례를 치르고 그녀의 친정에 돈을 배상해 주느라 라오왕이 빚을 지게 되었다, 그러자 결국 얼뉴도 그렇게나 무시했던 올케와 마찬가지로 돈 몇 푼에 팔려 나갈 처지가 된다. 올케를 무시했던 얼뉴의 행동은 지극히 근시안적이고, 빚을 지자마자 딸을 팔아치워 그 돈으로 아들에게 새 마누라를, 즉 자기가 또 괴롭힐 수 있는 새 며느리를 얻어 주려는 라오왕의 행동은 더없이 파렴치하다. 라오서는 류씨네 대잡원에서 유일하게 정상적인 사고방식을 가진 점쟁이의 시각을 통해 두 사람의 이러한 행동을 슬프지만 우스꽝스럽게 표현하고 또한 비판하였다.

  라오왕이라는 인물에게서 발견할 수 있는 또 하나의 특징은 바로 서양인 내지는 서양에 대한 사대주의이다. 본인 말에 의하면 서양인의 집에서 '정원사'로 일하고 있는 라오왕은 서양인의 집에서 일한다는 것만으로도 자신의 신분이 다른 사람들에 비해 한 단계 올라간 것처럼, 자기가 '교양인'이라고 여기면서 위세를 부린다. 이러한 사대주의는 「이웃」에 등장하는 밍 선생에게서도 찾아볼 수 있다. 교양이 없는 그는 제대로 된 교양인, 즉 교사인 이웃집의 양 선생 부부를 무시하고, 양 선생의 예의와 그가 정중하게 쓴 편지를 무시하지만, 서양인이 작성한 계약서와 서양인의 서명은 아주 큰 가치가 있다고 생각한다. 서양인의 위세를 굳게 믿고 있기 때문에 그는 서양인의 후광에 기대어 몰래 화물을 운송하기도 했다. 그는 편지를, 책을, 글을 무시하고, 글을 쓰고 가르치는 교사를 무시하고, 중국인과 중국 정부와 중국 법률을 모두 무시하지만, 서양인의 재력과 위세만은 인정하고, 큰 가치가 있다고 생각한다. 결국 서양인에 대한 사대주의는 배금주의와도 맞닿아 있다.

그러나 밍 선생과 반대로 모든 일에 예의를 차리고 군자답게 행동하려 하는 양 선생에게도 뒷일을 생각하지 않고 거칠게 행동하고 싶은 마음이 아주 조금은 남아 있다. 자신이 생각해 낸 그 모든 정중하고 예의 바른 방법이 전부 통하지 않고, 밍씨네 집 아이들이 자신의 집 정원을 전부 짓밟아 못쓰게 만든 걸 발견하자, 양 선생은 앞뒤 잴 것 없이 벽돌을 던져 밍씨네 집 유리창을 깨 버린다. 그러나 밍 선생은 오히려 양 선생의 그런 행동을 보고 그가 예전만큼 싫지 않다고 느낀다. 라오서는 교양인을 무시하는 밍 선생과 교양 없는 밍 선생을 무시하는 양 선생의 미묘한 심리를 풍자를 통해 섬세하고도 생동감 있게 표현하였다.

「안경」은 한 학생이 실수로 떨어뜨린 안경을 둘러싸고 일어난 한 편의 콩트 같은 이야기를 통해 인간의 작은 악의와 허영심을 풍자적으로 표현하였다. 매일같이 학교에 다니면서도 자신의 인력거를 단 한 번도 타지 않은 학생을 곯려주려는 생각에 그가 떨어뜨린 안경을 몰래 주운 인력거꾼 왕쓰는 그 안경이 그 학생에게 얼마나 귀중한 물건인지 알지 못한 채 팔아서 돈을 챙기려고 한다. 그러나 도수가 높은 근시 안경인 탓에 팔지 못하게 되고, 원래 주인에게 돌려주려 했지만 그 학생을 다시 만날 수 없어, 왕쓰는 잡화점 주인의 아들인 샤오자오에게 안경을 줘 버린다. 어엿한 가게 주인이라면 응당 안경을 써야 한다고 생각하는 샤오자오는 도수 없는 안경이 아니라 근시 안경이라 쓰면 어지러워서 망설이다가 결국 안경을 받지만, 그 안경을 쓰고 돌아가는 길에 눈앞이 제대로 보이지 않아 차에 치이고 만다. 라오서는 왕쓰의 사소한 악의로 인해 벌어진 사건들을 유머와 풍자를 통해 표현해 씁쓸한 웃음을 자아낸다.

라오서의 초기 문학의 특징이 잘 드러나 있는 단편들을 국내에 소개하게 되어 매우 기쁘다, 이 책을 통해 라오서의 대표적인 장편소설들 외에도 그의 빛나는 단편소설의 매력을 한국의 독자들이 느끼게 되기를, 나아가 라오서가 재발견되고 재해석되기를 바란다.

옮긴이의 말

라오서의 작품을 처음 읽은 것은 고등학생 때였다. 당시 어머니께서 사 주신 「이문열의 세계명작산책」 제4권에 라오서의 소설 「초승달」이 수록되어 있었다. 중국문학에 대해 전혀 아는 바가 없었던 필자는 사실상 그 작품으로 중국의 문학작품을 처음 접하게 되었는데, 아주 깊은 인상을 받았다.

고등학교를 졸업하고 베이징으로 유학을 가게 되었다. 학부에 입학하기 전에 1년간 어학연수를 했다. 어학연수 2학기째에 수강했던 문학 관련 강의에서 기말 과제로 발표를 하게 되었다. 필자는 망설임 없이 발표 대상을 라오서의 「초승달」로 결정하고, 고등학교 때 읽었던 그 소설을 원문으로 다시 읽고 발표를 했다.

처음 라오서의 「초승달」을 읽었을 때는 그 섬세한 문체를 보고 여성 작가일 거라고 생각했다. 그런데 나중에 자세히 찾아보니 라오서는 뜻밖에도 남성 작가였고, 중국 현대문학을 대표하는 작가 중 하나였다. 어학연수 과정을 거쳐 학부에 입학한 후에도 라오서의 작품을 읽어 갔다. 결국 이런 인연이 계기가 되어 학부를 졸업하고 대학원에 입학한 후에도 중국 현대문학을 전공하며 라오서를 계속 연구하게 되었다.

중국 현대문학을 대표하는 작가는 여러 명 있지만, 라오서만큼 베이징이라는 도시에 대해 애정을 가지고 도시의 구석구석을 모두 살펴보며 가장 평범한 사람들의 고된 삶을 생생하게 그려낸 작가는 없다. 베이징에서 태어나고 자란 라오서는 자신이 직접 목격한 베이징 시민과 하층민의 삶을 작품 속에 녹여내면서도 유머를 잃지 않았다. 그래서 그의 작품은 '눈물 어린 웃음'이라는 독특한 풍격을 지니고 있다. 필자는 라오서의 이런 작품들을 접하면서 동시대의 다른 작가들과는 다른 특별한 매력을 느꼈다.

라오서의 대표작 하면 대체로 「낙타샹즈」, 「사세동당」과 같은 장편소설이 꼽히지만, 단편소설 중에도 훌륭한 작품이 많다. 중국인의 국민성과 베이징 사람들의 성격을 비판한 그의 단편소설에는 라오서 문학 특유의 유머가 잘 살아 있다. 촌철살인의 풍자를 통해 삶의 한 단면을 생생히 펼쳐 보여주는 라오서의 단편소설은 그의 장편소설과는 또 다른 매력을 지니고 있다.

　대학원 졸업논문을 모두 라오서에 관한 논문으로 제출한 후로 필자는 늘 라오서의 작품을 번역 출판하고 싶다는 바람을 가지고 있었다. 라오서의 대표적인 장편소설들은 이미 국내에 출판되어 있지만, 단편소설은 아직 소개된 바가 거의 없다. 이 책을 통해 라오서의 단편소설을 일부나마 국내에 소개하게 되어 매우 기쁘고 반갑다.

　라오서의 단편소설에 관심을 가져 주시고, 책으로 펴낼 기회를 주신 임신희 대표님께 깊이 감사드린다. 이 소설들을 번역하는 동안 필자가 즐거웠던 만큼 독자들도 부디 즐겁게 읽어 주시기를 바란다.

옮긴이 소개

박희선

베이징대 중어중문학과를 졸업했고, 동 대학원에서 석사 및 박사학위를 받았다. 동국대 중어중문학과에서 강의했다. 신이우의 「약속의 날」, 쌍쉐타오의 「형사 톈우의 수기」, 리쉬의 「인간 공자, 난세를 살다」, 이린의 「시간에 갇힌 엄마」 등을 우리말로 옮겼으며 권순자 시집 「천개의 눈물」을 중국어로 옮겼다. 2015년부터 2018년까지 월간 「시문학」에 중국 현대 시인선을 번역 연재했다.

라오서 단편선
근현대 클래식 선집 1

2024년 4월 30일 초판
지은이 라오서
옮긴이 박희선
펴낸이 임신희
디자인 박아람
펴낸곳 인사이트브리즈 출판사
출판등록 제396-2012-000142호 (2012년 08월 14일)
주소 경기도 고양시 덕양구 삼원로 83 광양프런티어밸리6차 1412
문의 010-7255-2437
전자우편 insightpub@naver.com
홈페이지 www.insightbriz.com

ISBN 979-11-86142-84-4 (03820)
책값은 책의 뒤표지에 있습니다.

*이 책은 저작권법에 따라 보호받는 저작물이므로 무단전재와 무단복제를 금합니다.

인사이트브리즈는 "생각을 불러일으키는 글"을 출판합니다.